傘寿だ！　まだ書くぞ　おかやま雑学ノート　第12集

傘寿だ！　まだ書くぞ　おかやま雑学ノート　第12集／目次

Ⅲ　岡山のうちそとを歩く

カバーデザイン・日下デザイン事務所

I　知られざる郷土史を掘る

備中松山藩山田方谷の財政改革のあいまいさと大河ドラマ署名運動

――方谷を正しく理解するために再び問う――

本稿は『岡山人じゃが　２０１４』に寄稿、ラジオ放送はしなかった。山田方谷を正しく理解するために、『おかやま雑学ノート　12集』に再掲載する。

備中松山藩元締役山田方谷（１８０５～１８７７）は〝財政改革の神様〟と地元で絶賛される。この方谷を「２０１５年のＮＨＫ大河ドラマに」の運動は、実現しなかった。最近では岡山市連合町内会も協力、町内会に署名依頼が出回っている。「9月中に念願の１００万人署名を達成し、２０１７年以降の大河ドラマ実現を目指す」という（２０１４年5月24日付山陽新聞朝刊）。

私は大河ドラマ化も結構だが、その前に「方谷を正しく理解することが必要だ」を持論としている。10万両の借財返済、10万両蓄財は真実ではなく、またその時価換算額600億円は一ケタも過大だ。方谷の〝財政改革〟とされるものが、歪曲され誇大化されているのだ。

再びそのあいまいな実態を究明、間違って喧伝《けんでん》されるようになった過程を検証する。これまでに発表した拙論と一部重複する点もあるが、お許しをいただきたい。

疑問の多い方谷財政改革の実態

大河ドラマ化を目指して100万人署名運動がスタートしたのは、平成23(2011)年7月。近藤隆則高梁市長が「2015年実現を目指す」と発表。翌年10月に発足した「大河ドラマ実現を求める100万人署名運動実行委員会」(事務局岡山商工会議所内)は、2015年にこだわってしゃにむに署名運動を進めた。組織票などを積極的に動員したが、結果はやはり〝方谷ノー〟だった。

方谷の財政改革とされるものには、「借財踏み倒し疑惑」「あいまいな蓄財根拠」、さらに「10万両を600億円とする過大評価」など重要な点に疑問があり、これらを県民が正しく理解することが先決だ、と述べてきた。岡山ペンクラブ編『岡山人じゃが 2013』や、拙著『おかやま雑学ノート』第10集、11集にも詳述した。

拙論が気に入らないのか、署名運動に深くかかわる著名人が法的措置うんぬんと息巻いているとの言辞が、第三者2人を通じて別々のルートで伝えられたこともある。だが多数の読者からは「方谷の財政改革の実態がよくわかった」「方谷を正しく理解することは肝要だ」などの声が寄せられている。

平成不況のさなかに脚光を浴びる

方谷は元来教育者であり、子弟教育、人材育成に情熱を注いだ。藩校有終館の学頭になった天保7（1836）年から嘉永2（1849）年元締役就任までの17年間、また一線から退いた晩年の明治2（1869）年から同10（1877）年死去までの小阪部塾8年間の実績は誰しも認めるところだ。方谷が偉大な教育者、陽明学者として畏敬されるゆえんである。

その方谷が〝平成不況〟のさなか、突然〝財政改革の神様〟ともてはやされるようになった。「元締役在任中の足掛け8年間に備中松山藩の借財10万両返済、さらに10万両もの蓄財に成功した。財政改革の神様だ。方谷を見習え」の声が地元高梁市を中心にわき上がった。

方谷没後120年の平成8（1996）年6月に出版された吉備国際大矢吹邦彦教授（当時）の『炎の陽明学—山田方谷伝—』が発端と言える。同書は「評伝ではなく小説」との批判は出版直後からあったが、歯切れのよい筆致と分かりやすい文体、400ページの大作は、読むものすべてを引き込む力作である。

同書は方谷ブームの火付け役となり、生誕200年の同17（2005）年にかけて、ケインズにも勝る改革と方谷はもてはやされた。当時の日本経済はデフレに苦しみ、先行き不透明。閉塞感が漂っていた時だけに、マスメディアもこぞって同調、方谷を絶賛し続けた。

岡山県出身、在京有名経済人や政治家にも方谷崇拝者が増え、10万両は現在価格で600億円という説まで信じられた。方谷の偉大さが新聞、TVで語られる機会が増えた。方谷は神格化され大河ドラマで全国発信しようとの機運が高まり、「100万人署名運動」に発展した。

没後25年を機に孫が執筆した伝記

方谷顕彰の発端は、明治35（1902）年の方谷没後25年法要までさかのぼる。親族、関係者が集まった席で伝記出版が話し合われたという。義理の孫で漢学者山田準（1867〜1952）の執筆が決定。同38（1905）年8月漢文の年表形式、和綴じの『方谷先生年譜』が刊行された。同書は地元高梁を中心に版を重ね方谷研究のバイブル的存在になった。

同書には方谷の高弟、著名な漢学者の三島中洲（1830〜1919）が随所に頭注を入れており、それらは方谷に対する畏敬の念があふれる。嘉永4（1851）年の項に「先生ノ改革ニテ負債モ償却シ、終ニ十萬両ノ積立金残レリ、大力量ト謂フヘシ」と挿入した。執筆者の準もこの頭注を受けて、安政4（1857）年の項で同趣旨の1行を本文に書いている。中洲がどのような根拠に基づいてこの頭注を入れたかは不明だ。

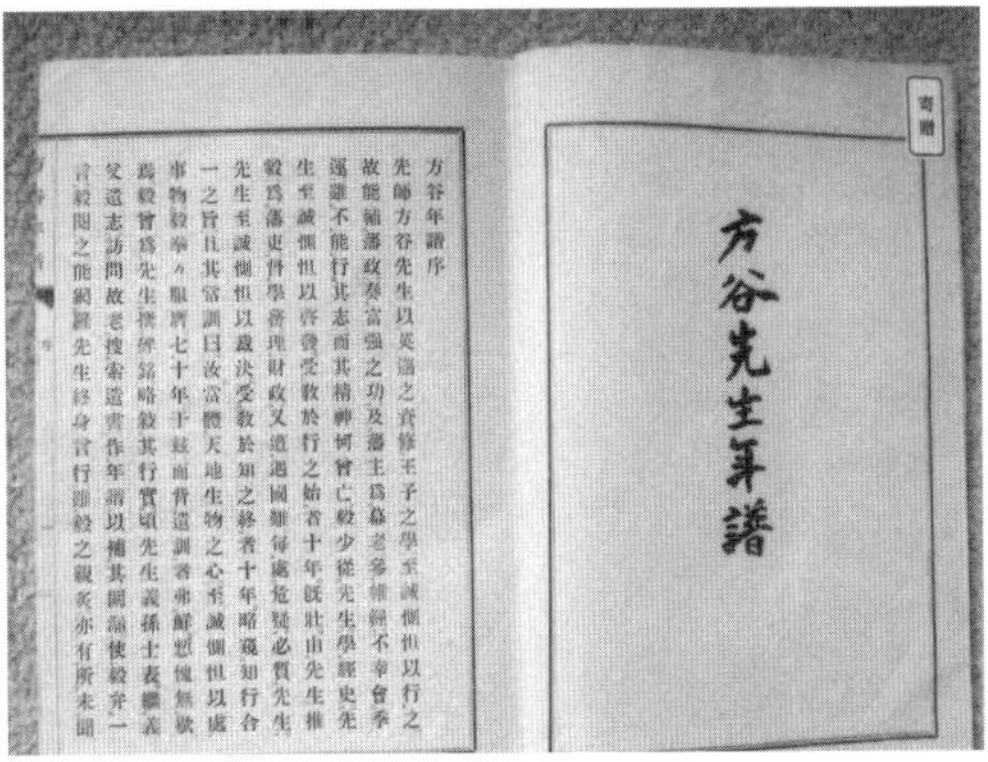

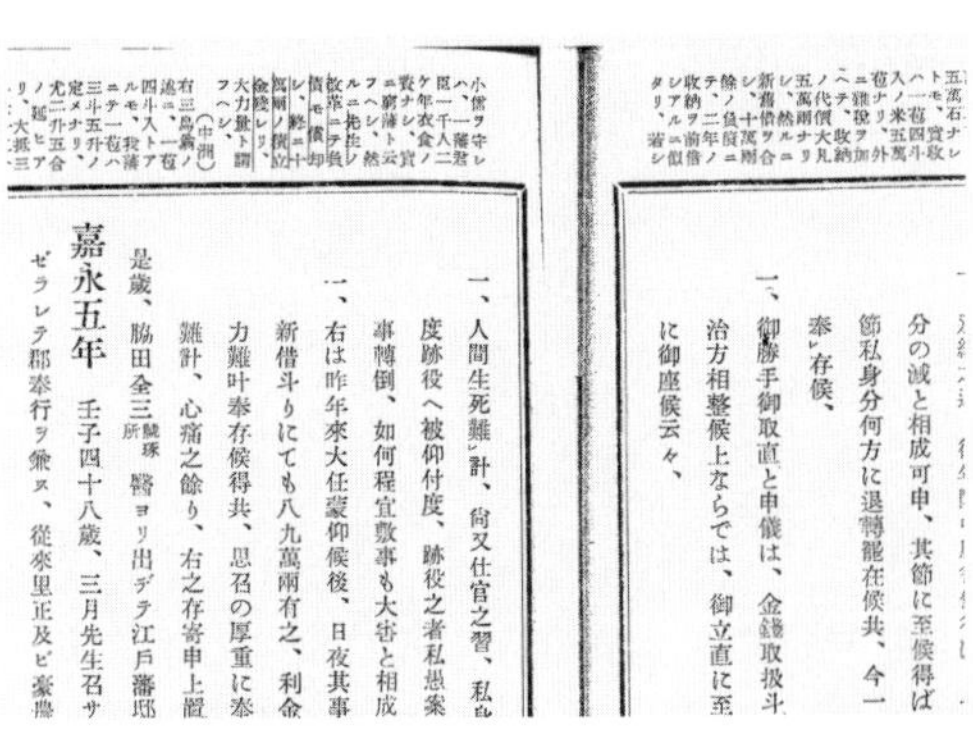

方谷の「負債返済、蓄財」の根拠とされるのは義理の孫が書いた『方谷先生年譜』（上）に弟子の中洲が書き込んだ頭注の数行（下）

方谷の改革を賛美する研究者は頭注のこの数行を孫引き、「8年間に借財10万両返済、蓄財10万両」と引用、既定事実として改革を論じるようになった。口当たりのよいこの言葉は、史実検証されることもなくマスメディアにもしばしば登場、多くの人に信じられた。

方谷が残した借財踏み倒しと蓄財費消の漢詩

明治5(1872)年、三島中洲は現新見市大佐小阪部、方谷の隠棲先を訪ねた。この時、方谷は「三島中洲の韻に次す」の題で「大坂豪商からの借財を踏み倒した」「蓄財も第一次長州征討で費消してしまった」と後悔、「人間として恥ずかしい」とその心境を告白した次の2首の漢詩を残している。

詩文とその解読を故宮原信《まこと》新見高校教諭の著作『山田方谷の詩—その全訳』(明徳出版)から転載する。

暴残破債就官初　　暴残　債を破る官に就きし初め
天道好還籌不疎　　天道は還るを好み　籌《はかりごと》疎ならず
十萬貯金一朝盡　　十万の貯金　一朝にして盡く
確然數合舊券書　　確然と数は合す　旧券書《きゅうけんしょ》

宮原教諭は「破債」を踏み倒しと解釈。「方谷は元締役就任直後の嘉永3（1850）年10月、大坂に出向いて豪商に借財延期を交渉。10年払い、50年払いを了承させた（方谷自身の漢詩にある）が、第1次長州征討で貯めた10万両を使ってしまった。この金額は踏み倒した金額と一致する」と解説する。

第1次長州征討は元治元（1864）年。この時点ですでに10万両の蓄財があったと読めるが、征討費用に流用したため10万両を踏み倒したという。10年払いのほかに50年払いも約束している。その額はいくらなのか、この詩文だけでは理解できないが、50年払いとした借財は、廃藩置県で全く支払われなかったはずだ。

幕末全国諸藩はいずれも多額の借財に苦しんでいたが、廃藩置県に伴い結果的に踏み倒した。方谷は10年払い分を第1次長州征討で使ってしまい、50年払い分は藩が消滅したから全く支払い不能、すべて踏み倒したことになる。このことを悔いているように思える。

もう一つの詩は次の通り。

破債治財逐俗流　債を破り財を治めて　俗流を逐う
靦然自稱聖門儔　靦然《てんぜん》として　自ら称す正門の儔《ともだち》
為邦剰得人情悪　邦の為に剰得《じょうとく》す　人情の悪
勇且知方恥仲由　勇且つ知は　方《まさ》に仲由に恥ず

「藩のためとはいえ、借財を踏み倒していい気になっていた。人間としてまことに恥ずかしい」と読める。宮原教諭は「晩年の方谷はこれら2つの詩によって自分の行った藩政改革を苦渋の心を持ってみていた証拠」と解説する。

方谷は負債を踏み倒したことを、明治になっても悔いているのだ。この方谷自身の悔悟の念に満ちる漢詩と、没後25年を機に義理の孫が顕彰のために書いた『方谷先生年譜』の頭注数行と、どちらの信憑性が高いかは自明の理である。

宮原信著『山田方谷の詩』には方谷の借財踏み倒し、蓄財流用の漢詩2首が載っている

無視された宮原教諭の力作

宮原信新見高校教諭（拙著『おかやま雑学ノート』11集に校長と記述したが、教諭が正しいと教えられた）は、方谷の漢詩を生涯にわたって研究、1056首すべてを年代順に編集して解読した。昭和57（1982）年10月『山田方谷の詩—その全訳』として刊行した。1183ページの力作。解説は平易で丁寧、方谷への敬慕の念に満ちる。

前述の方谷自身が「借財を踏み倒して恥ずかしい」「10万両も使ってしまった」とみずから告白した漢詩もある。だが、この2首は〝偉業〟の全面否定になるためか、子孫もほとんどの研究者も30年間無視してきた。知らなかったとすれば不勉強だ。

また中洲は借財踏み倒しの漢詩の存在を知っているにもかかわらず、方谷死後に刊行した『方谷先生年譜』の頭注に「借財返済、蓄財10万両」の文言を挿入した。師を畏敬するあまりの賛辞ともとれるが、学者としては許されない行為といえよう。

もっとも、中洲はこの文言に後世の研究者が飛びつき、方谷を〝財政改革の神様〟扱いにするばかりか、大河ドラマにして全国発信しようという運動が起こるとは、夢にも思わなかったことだろう。

方谷自筆の手紙は多数残るが、日記はない。著作は『集義和書類抄』などごくわずか。『方谷先生年譜』は貴重な資料だけに残念なことだ。また松山藩は幕末には朝敵となり公式資料をほとんど焼却したといわれる。それだけに方谷の詩すべてを解読した宮原教諭の力作は、もっと尊重され研究されるべきだ。

新見や倉敷では教育者として崇拝

方谷は明治10（1877）年6月25日、隠棲先の現新見市大佐小阪部で死去した。享年73。終焉の地は現在小阪部方谷園となり、臨終時の枕の位置にオベリスク風の細長い顕彰碑が建つ。勝海舟篆額《てんがく》、撰文は中洲。藩主をよく補佐した「忠」と、母方の家を再興しその地で生涯を終えた「孝」について敬愛の念があふれる。

平成16（2004）年3月、晩年を過ごした同市大佐小南に大佐山田方谷記念館が建設された。こぢんまりとした記念館内には方谷坐像をはじめ、顕彰

新見市小南の山田方谷記念館は〝教育者方谷〟に力を入れている

碑拓本、4歳の書「つる」の額などゆかりの品々数十点が並ぶ。生涯を詳述した数枚のパネルには〝教育者方谷〟に力点がおかれている。

同館は方谷が小阪部移住後の子弟教育をまとめたパンフレットや、「大佐発　山田方谷に学ぶ　教育10箇条」を作成。家庭、学校、職場などにも配布、人格教育、道徳教育に貢献した方谷を強調している。

平成17（2005）年2月同地で「日本の教育と山田方谷」の講演（講師樋口公啓東京海上日動火災保険相談役）とシンポジウムが開かれた際、感動した参加者から全国にアピールできる方谷の教育理念作成が提案された。

同記念館では「教育10箇条」をつくり、教育者方谷理解の運動を進めている。その多くは方谷語録から採っている。新見では教育者方谷によせる敬愛が強く、10万両返済、10万両蓄財を強調する高梁とは好対照を見せる。

倉敷でも著名な2人の漢学者、川田甕江《おうこう》（1835〜1896）、三島中洲を育てた教育者として方谷を評価する。2人はともに現倉敷市生まれだ。方谷は藩校有終館や小阪部塾、長瀬塾での教育ばかりでなく、晩年に県下数カ所の私塾でも講義、また閑谷学校再興に尽くしている。教育者としての方谷をもっと理解する必要がある。

余談だが、昭和3（1928）年に伯備線に新設された方谷駅も、同地にあった私塾長瀬塾との関連もあって日本で初めての人名駅と喧伝されてきた。だが明治37（1904）年には、函館本線に阿倍比羅夫（7世紀半ば、東北地方、北海道で蝦夷と戦った武将）にちなんだ比羅夫駅が開設されている。方谷駅は日本最初の人名駅ではないことも明らかだ。

昭和3年新設の方谷駅は人名をつけた最初の駅とされたが、明治37年には函館本線「比羅夫駅」が開設されている

指摘されていた〝財政改革〟のあいまいさ

２０１５年実現を目指した大河ドラマ運動は50余万人の署名を集めたが、あえなく頓挫した。方谷の知名度の低さも一因だが、何よりも史実検証の粗雑さが致命傷となったのではないか。

「8年間に借財10万両返済、蓄財10万両」という根拠のあいまいな実績には、山陽学園大太田健一名誉教授は『山田方谷のメッセージ』（平成18年）で疑問を投げかけていた。方谷研究の第一人者元関西大講師、方谷研究会朝森要会長＝岡山市在住＝も『山田方谷の研究』創刊号（２００６年6月）で「10万両蓄財を裏づける資料は見当たらない」と指摘する。

さらに方谷自身が借財踏み倒しと蓄財費消を告白した漢詩2首が存在する。また10万両の時価換算が研究者によってまちまちという欠陥もある。「幕末の10万両は50億円

（1両5万円）」は研究者、日本銀行・貨幣博物館などの定説。ＮＨＫも幕末が舞台の歴史ドラマでは「1両5万円」を採用している。

だが方谷研究者は10万両を１６０億円〜６００億円といずれも誇大換算。ブーム火付け役となった矢吹氏は「10万両２００億円換算だが、特に根拠はなく感覚的なもの」としている（高梁市での講演）。６００億円説（方谷6代目子孫、元九州財務局長）は1桁多く論外だ。

「１００万人署名運動実行委員会」がＮＨＫに署名簿と一緒に提出する「お願い」には、「10万両は６００億円相当」と記載してある。県内外各地で集められた多数の署名は、まとまった数になるとこの「お願い」が添付されてＮＨＫに提出されたはずである。ＮＨＫ担当者は一読してその桁違いの金額にあきれ、資料的根拠に不信感を強めたに違いない。

「備中松山藩借財10万両（50億円）の大部分は、廃藩置県などで結果的に踏み倒した。

蓄財もいくらかあったが長州征討などで費消、ほとんど残らなかった」というのが方谷の〝財政改革〟の実情だ。大河ドラマ化の頓挫は、方谷の史実再検証の必要性を物語るものといえよう。

全国諸藩の改革も難渋した

備中松山藩山田方谷の財政改革は見るべき成果を上げていないが、全国諸藩も同様である。江戸時代後半から幕末にかけて、全国諸藩はいずれも借財返済に懸命に取り組んだが、廃藩置県によって結果的に踏み倒した。

土佐藩野中兼山、薩摩藩調所《ずしょ》広郷、三河田原藩渡辺崋山らのように実績を上げながらも、志半ばで横死した改革者もいる。成功例としては肥後熊本藩主細川重賢、出羽米沢藩主上杉鷹山、播磨姫路藩家老河合寸翁ら数例あるだけだ。

熊本、米沢両藩の場合は、藩主自ら改革のリーダーシップをとり有力側近が献身的に支援、また姫路藩は家老が藩主の全権委任を受けての改革だった。いずれの場合も藩内の抵抗は根強く、借財返済には長期間を要した。財政の改革とはそれほどの難事業である。

「8年で10万両の借財返済、10万両蓄財」。短期間に5万石の小藩がこのような改革に成功することは常識的にありえない。備中松山藩は5万石とはいえ、実質収入は2万石弱という貧乏藩。方谷がわずか8年間で手掛けた財政改革成果と喧伝されたものが事実であれば、「江戸時代藩政改革史上の奇跡」と特筆されるべきものといえよう。

だが、地元でいくら絶賛しても、全国的には評価されず無視に近い状態だった。何故か？　歴史研究者は史料検証の粗雑さに加え、口当たりの良いキャッチフレーズの一人歩き、と見抜いていたと思われる。

大河ドラマ化で有名になればよいのか

現在も大河ドラマ化を目指して100万人署名運動が続けられている。だが今求められるのは、歪められた方谷の財政改革の実態を解明、方谷を正しく理解することではないか。

　100万人署名運動実行委員会委員長の岡崎彬岡山商工会議所会頭にこの点の意見を聞きたくて面会を申し込んだ。〝多忙〟で会えず、代わりに同会議所窪津誠専務理事が同委員会監事の立場で答えてくれた。「方谷の業績などを研究して署名運動を進めているわけではない。大河ドラマの主人公になって地域が活性化すれば、の一念だ。会頭の考えも同じはず」と話す。

　同席した同委員会世話人の藤井義和岡山県住宅センター社長も「方谷は同郷の偉人、とにかく方谷の名を全国に知ってもらいたい」。2人とも「方谷の知名度が高まり地域活性化につながればよい」と口をそろえた。確かに大河ドラマはカンフル剤的な効果はあるが、

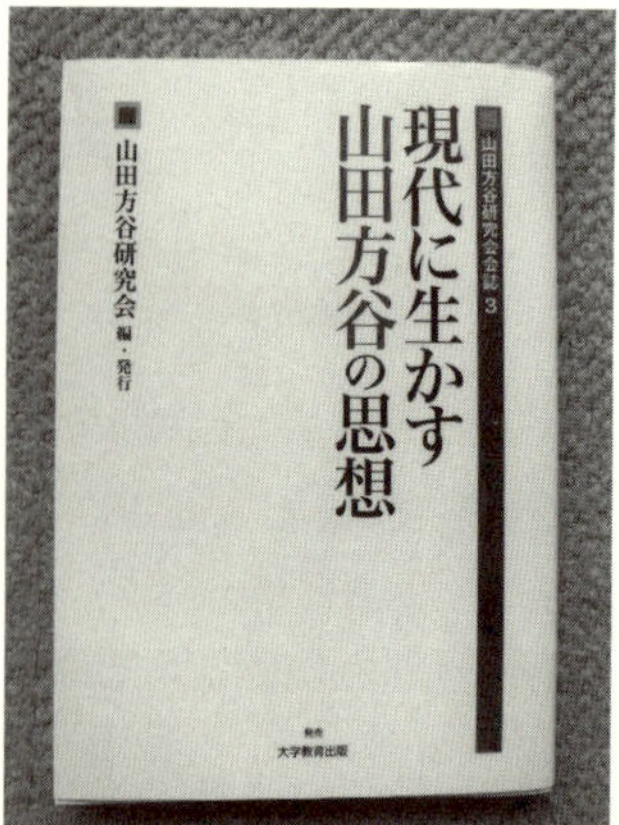

小野晋也氏の示唆に富む論考が載る『現代に生かす山田方谷の思想』

一時的なもので永続性はない。100万人もの署名を集めるというのに、あまりにも短絡的な発想と言えないか。

山田方谷研究会発行の会誌3『現代に生かす山田方谷の思想』(2014年5月発行)に「山田方谷先生顕彰運動に思う」のタイトルで示唆に富む一文が載っている。筆者は小野晋也元衆議院議員。愛媛県人ながら方谷の顕彰に長年取り組み『山田方谷の思想』の著者でもある。

小野氏は人物顕彰には次の3つの要素が欠かせないとする(赤井要約)。
①先人の偉業に感謝を捧げる。その偉大さに思いを馳せ感謝の念を持つ。
②先人の残した教えを学ぶ。先人に倣って困難を生き抜く姿勢を貫く。
③先人の命を継承する気概。肉体は消滅したが精神の継承者として生きる。
小野氏は方谷の顕彰運動がこの3点をバランスよく保って真の顕彰運動となることを望む、としている。

組織票を動員して100万人署名を達成、大河ドラマで地域が一時的にでも活性化しさえすればよい、とする方谷の大河ドラマ署名運動への警告、まさに〝頂門の一針〟と思えるが、関係者は小野氏の警鐘をどのように読み解くのか？

岡山県立博物館「山田方谷展」に思う

岡山県立博物館の平成26年度特別展「山田方谷」（主催岡山県教育委員会、岡山県立博物館、共催山陽新聞社）が5月23日から6月29日までが開かれた。「激動の時代を生きた方谷（1805～1877）の思想や生き方を紹介するのが狙い」という。「方谷の生涯を正しく理解し、備中松山藩の悲運の歴史もたどれる時宜を得た展観」と足を運んだ。

藩校有終館学頭時代と小阪部塾で過ごした晩年は、新発掘を含む多様な資料が展示され、教育に情熱を注いだ方谷の意欲が肌に伝わる。一方藩主板倉勝静《かつきよ》（1823～1889）に抜擢され、藩政、幕政にかかわった嘉永2（1849）年からの20年間は、傍証的な資料が目立ち、博物館担当者の苦労が察しられた。偉業とされる「借財10万両返済、蓄財10万両」を裏付ける資料が皆無だったのは残念だ。

「借財10万両返済、蓄財10万両」の資料はない？

特別展は方谷73年の生涯を「陽明学者山田方谷の誕生」「教育者山田方谷（江戸時代）」「政治家山田方谷」「教育者山田方谷（明治時代）」の4コーナーに大別。ゆかりの172点で方谷の人生をたどる企画。これだけゆかりの品々を一堂に集めたのは初めてという。

国宝、重要文化財は県所有の閑谷学校関連の3点のみ。県、市指定文化財も少ないが、担当者が埋もれていた書簡などを丹念に発掘しているのが印象に残った。中には焼却寸前だった貴重な書簡もあるという。小阪部に隠棲した晩年の生き様、人材育成への熱情、門下生らとの交流を物語る書簡も、教育者方谷の面影をほうふつとさせる。

することは至難の業だ。

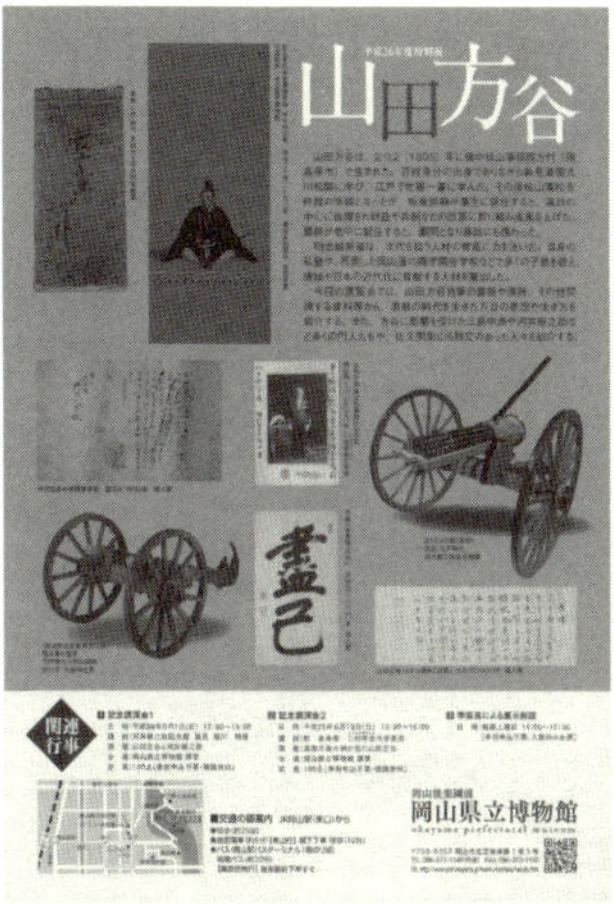

「山田方谷展」のチラシ。正しい方谷像に迫る好企画だった

案の定というべきか、「政治家山田方谷」のコーナーは期待外れで物足りなかった。昨年の今ごろは「２０１５年大河ドラマ実現」を目指して方谷の署名運動が燃え盛っていた。背景には「8年間に10万両借財返済、10万両蓄財」「10万両は６００億円相当」と方谷の財政改革を神様扱いする動きがあった。

博物館担当者はこれらの資料も躍起になって探したことだろう。だが、１７２点の中に具体的に裏付けるものは1点もなかった。無理もない。「10万両借財返済、10万両蓄財」は、平成不況のさなか、突然一人歩きしたキャッチフレーズに過ぎないのだ。物的資料を発見強いて挙げるとすれば「松山表此節御急務」である。人材登用、軍制改革、撫育方設置など改革施策5項目を具体的に列挙している。また部下の山瀬一郎宛と法曽庄屋宛の書簡も改革の一端がうかがえる。だが前者は米相場や異国船購入の支払いなど、後者は施肥についての実務的な手紙だ。

資料収集に奔走した竹原伸之同館学芸課副参事は「借財、蓄財の資料も懸命に探したが見つからなかった。全くないとも言えないので今後も発掘に努めたい」と話す。はからずも、岡山県立博物館の平成26年度特別展「山田方谷」は、「10万両借財返済、10万両蓄財」が、まぼろしであることを資料面から証明した格好だ。

「山田方谷展」が開かれた岡山県立博物館

方谷が藩政、幕政にかかわった時代

幕末の動乱に傍観を決め込んだ岡山藩とは違って、備中松山藩は藩主板倉勝静が幕府の要職である寺社奉行、老中を経て老中首座を務めたため、戊辰戦争から明治維新後まで歴史の激動に巻き込まれた。

幕末の全国諸藩300近くの中で、京都守護職を務め朝敵になった会津藩、河井継之助が藩政を牛耳り暴走した越後長岡藩に次ぐ悲劇の藩といえる。勝静が最後の老中首座となったのが不運と言えば不運だが、今回の展示品を通じて、藩の存続をかけて努力する松山藩士の動向と、同藩の悲劇をたどると一層面白い。

松山藩は朝敵になり藩の諸資料を焼却したと言われるが、今回の方谷展は関連資料をこまめに集め、藩の歴史も理解できる内容だった。ペリー来航に始まる幕政の混乱ぶりは、岡山大所蔵の絵や他藩のものだが砲車や行軍台大砲が緊迫ぶりを伝える。戊辰戦争も越後長岡藩使用のガトリング砲（レプリカ）、会津戦争に従軍した岡山藩遊奇隊の奉納絵、当時の銃などで紹介、古文書よりも興趣をそそられる。

藩主に見捨てられた松山藩護衛隊長熊田恰（1825〜1868）の悲劇はいつ見ても胸を打たれる。熊田は部下150人の命を救い玉島の街を戦火から守るため、玉島・西爽亭で切腹した。助命嘆願書草稿を改めて読み、熊田の気概に武士の生き様を見た。

勝静は火中の栗を拾った？

藩主勝静の不運も思わずにはいられない。安政5（1858）年6月の日米修好条約調印に続く翌年の安政の大獄、万延元（1860）年3月の桜田門外の変など幕府の屋台骨が大揺れする直前の安政4（1857）年に、幕府重要ポストの寺社奉行（奏者番兼務のまま）に就任した。火中の栗を拾ったのである。

34歳という若さでの寺社奉行就任は方谷の藩政改革実績が後押ししたと、例によって方谷賛美の見方もあるが、褒めすぎではないか。幕閣内の序列と勝静が松平定信（老中として寛政の改革を実行）の孫という毛並みの良さに負うところが大きい。ちなみに福山藩主阿部正弘は25歳で老中、翌年は老中首座に就任、ペリー来航に伴う日米和親条約締結などの難問に対応した。

桜田門外の変で大老井伊直弼が暗殺されたため、直弼に罷免されていた勝静は再び寺社奉行になり、文久2（1862）年3月には老中に昇進した。だが幕政に自信がなかったのか、以後勝静は事あるごとに方谷を江戸に呼び寄せ、政務を相談する。

前年の同元（1861）年2月、方谷は当時寺社奉行の勝静に呼ばれ上京するが病を理由に5月には帰郷。翌年勝静は老中に就任すると、再び方谷を呼び寄せる。方谷は家督を譲って隠居、翌年2月やっと帰郷を許される。勝静は優柔不断なのか、幕政に自信がなかったのか。同3（1863）年3月将軍家茂上洛に伴い勝静も京都へ。またもや方谷も京都に、6月まで留め置かれた。方谷は言動からして嬉々として上京、上洛したのではないことがうかがえる。

最後は勝静の敵前逃亡。鳥羽伏見敗戦の報を聞くと、京にいた熊田恰ら藩士を置き去りにして15代将軍徳川慶喜とともに幕府軍艦で江戸に逃げ帰った。藩にとっては驚天動地の出来事だったに違いない。これより先の元治元（1864）年6月わずか2年で老中を辞任したが、1年後には帰り咲き、慶喜の将軍就任とともに、慶応2（1866）年12月老中首座に昇進した。

慶喜は謹慎。勝静は隠退し家督を嫡男に譲ったが、政府軍に追討される幕府軍に参謀として同行、箱館（現函館）まで落ち延びた。家臣は勝静を探して箱館に、藩は朝敵として討伐される側に。勝静が拾った火中の栗の代償は大きく、藩の存続が危ぶまれるほど揺さぶり続けた。方谷は勝静救出に腐心する藩士の動きにもかかわるが、このあたりの資料が少なかったのは惜しまれる。

いずれにしても県立博物館の「山田方谷展」は、メディアが日ごろ伝えない方谷の財政改革のあいまいさを明らかにし、特に「8年間に借財10万両返済、蓄財10万両」は口当たりの良いキャッチフレーズに過ぎないことを証明。また松山藩の悲運の歴史を垣間見せた有意義な催しであったと言えよう。

（2014年8月6日、13日、20日）

◇本稿は『岡山人じゃが2014』に寄稿した。

「ロンドン海軍軍縮条約調印は〝統帥権干犯〟」と浜口雄幸内閣を糾弾した犬養木堂の短慮

84年前の今ごろ、昭和5（1930）年11月14日午前9時前、総理大臣浜口雄幸《おさち》（1870〜1931）は東京駅4番ホームで右翼の暴漢に狙撃され、ひん死の重傷を負った。この日岡山県で天皇臨席のもとに行われる陸軍大演習を視察するため、特急「つばめ」に乗り込もうとした時だった。暴漢は取り調べで政治への不満のほか「浜口

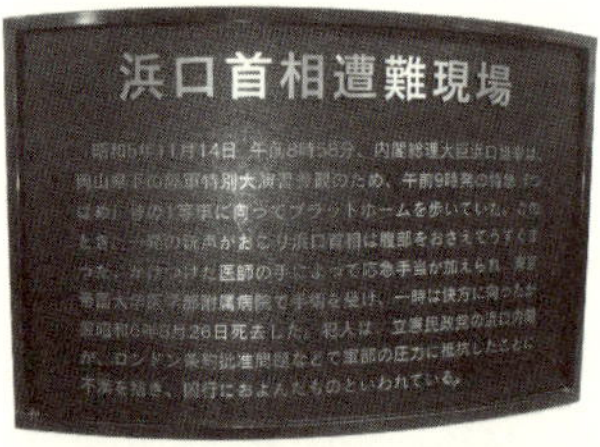

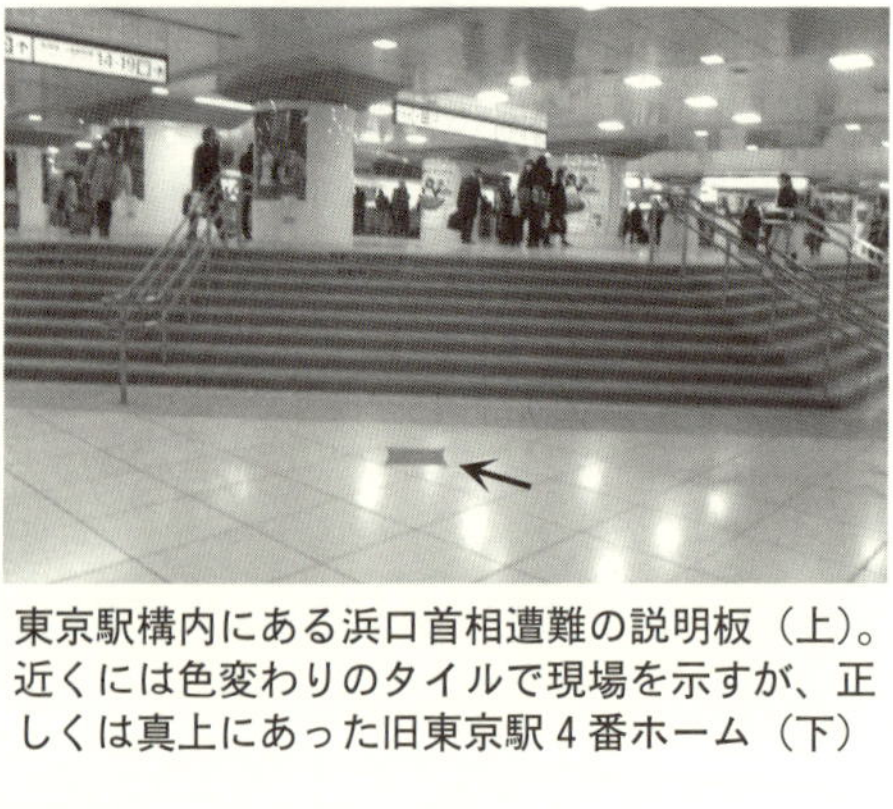

東京駅構内にある浜口首相遭難の説明板（上）。近くには色変わりのタイルで現場を示すが、正しくは真上にあった旧東京駅4番ホーム（下）

は天皇の統帥権を干犯した。許せない」と供述したという。

これに先立つ同年4月以降、野党の立憲政友会（以下政友会と略す）総裁犬養木堂（本名毅　1855〜1932）、同党重鎮鳩山一郎（戦後首相、元首相鳩山由紀夫の祖父）らは、「浜口内閣が海軍軍令部長の反対を押し切ってロンドン海軍軍縮条約を調印したのは、天皇の統帥権を犯すものだ」と国会で厳しく追及、世間は騒然とした。

浜口内閣が締結したロンドン海軍軍縮条約

浜口雄幸は近代日本を代表する政党政治家の一人。その風貌から〝ライオン宰相〟と呼ばれ、国民的人気があった。高知市生まれ、帝国大学法科大学（現東京大法学部）卒業後、大蔵省（現財務省）を経て大正4（1915）年衆議院議員初当選、45歳で政界入りした。

大蔵、内務大臣歴任後、政友会の田中義一首相が中国・奉天（現瀋陽）郊外で起こった張作霖爆殺事件で引責辞任したため、昭和4（1929）年7月立憲民政党（以下民政党）総裁として総理大臣に就任した。当時は金融恐慌（昭和2年）の後遺症が残り、さらにニューヨーク株式の大暴落（同4年10月）など日本経済は不況のどん底だった。

浜口内閣が進めた緊縮財政政策や金輸出解禁は、所期の成果を上げなかった。だが外交政策では国際協調路線に徹し、海軍の抵抗と政友会の批判に屈せず、同5（1930）年4月ロンドン軍縮条約調印にこぎつけ、世論も支持した。同会議は戦艦保有を制限するワシントン軍縮条約（大正11年）に続くもので、巡洋艦など補助艦保有を制限するために開かれた。

浜口には「軍事費の削減で国民負担の軽減とともに米国との建艦競争を回避したい」という強い意思があった（川田稔著『浜口雄幸』）。紆余曲折の末、米英と日本との保有比率が艦艇ごとに細かく取り決められた。詳細は省くが、日本が仮想敵国とした対米比率は、大型巡洋艦10対6・023、小型巡洋艦、駆逐艦10対7・015、潜水艦同率、総括すると対米比率は6割6分7厘5毛になるという（読売新聞昭和時代プロジェクト著『昭和時代　戦前戦中期』）。

海軍は〝統帥権干犯〟と騒ぐ

「対米保有比率7割でなければ国防に責任が持てない」と主張していた海軍は、7割にわずかに足りないことにこだわった。「軍令部長の反対を押し切って条約調印したのは〝天皇の統帥権干犯〟だ」と騒ぎ出し、政友会総裁犬養や鳩山らも同調。国会で追及の火の手を上げ、干犯問題は国民の注目を集めた。

「軍部は以後、統帥権の独立を理由に政府の介入を拒否し、勝手に軍事行動をとるようになった」（五味文彦ほか編『詳説日本史研究』）。司馬遼太郎は歴史エッセイ『この国のかたち』で「日本は統帥権を〝魔法の杖〟と振り回す軍部によって滅ばされた」と断定。当時の新聞も浜口の国際協調路線を評価、統帥権干犯と政府を追及した政友会にきびしかった。

『詳説日本史研究』によると、統帥権は軍隊の作戦、用兵権などを指し、天皇大権とされ（憲法11条）、陸海軍の統帥機関（参謀本部、軍令部）の補佐によって発動され、政府は介入できない。だが兵力量の決定は天皇の編成大権（同12条）、内閣の輔弼事項であり干犯ではないと解説する。著名な憲法学者美濃部達吉もこの見解を支持した。

犬養の生家隣にある犬養木堂記念館（岡山市北区川入）を訪れた。犬養の浜口内閣統帥権干犯問題をどのように展観しているかに興味があったからだ。犬養ゆかりの品々や経歴、業績の詳細な解説はあるが、世間を騒然とさせたこの件については全く触れていなかっ

大庄屋の風格を残す犬養生家（上）。隣接して平成5年完成した木堂記念館（下）＝岡山市北区川入

た。年表からも脱落している。

佐藤文友館長は「指摘されて初めて気づいた。意識的に削除しているのではなく、背景など専門的な解説が必要なので省略していたと思われる。今後、企画展などで随時説明するよう心掛けたい」と話す。

犬養の政界引退宣言と復帰

犬養が2大政党のひとつ政友会総裁に就任したのは昭和4(1929)年10月。民政党の浜口内閣発足3カ月後である。これより前の大正14(1925)年5月、犬養は自ら率いる少数政党の革新倶楽部を長年の政敵である政友会に合流させた後、政界引退を宣言。加藤高明内閣の逓信大臣も衆議院議員も辞任、長野・富士見高原の別荘に引きこもった。

地元有志は同年7月の補欠選挙で再び犬養を担ぎ出し当選したが、隠棲生活を続けた。

その後政友会は総裁田中義一の死去により内部対立が激化したため、犬養は総裁に担ぎ出され政界復帰した。74歳の時である。知人が犬養を訪ね総裁就任を要請すると、即座に承諾したと伝わる。「政界の腐敗、軍部の横暴は座視できない」というのが表向きの理由だった。

犬養は明治23（1890）年の第1回衆議院選挙以来19回連続当選、〝憲政の神様〟と畏敬された。頑固で容易に妥協しない性格に加え、毒舌などが災いし、少数政党暮らしが長く、文部、逓信大臣にはなったが、首相の座は遠

兩黨首陣頭に立ち
白熱化した大論戰
衆院冒頭から混亂

統帥權を無視して
國防の安全を如何
犬養總裁の鋭鋒

失業問題

綱紀革正

統帥権干犯と浜口内閣を厳しく糾弾した犬養（昭和５年４月26日付朝日新聞）

い存在だった。だが政友会総裁就任は、政権獲得による首相の座が夢ではなくなった。

犬養は〝統帥権干犯〟追及の先頭に立った

ロンドン条約調印直後の同5（1930）年4月25日の特別議会で、政友会は犬養を先頭に政府攻撃の火ぶたを切った。犬養は代表質問で軍令部長発言の「対米7割でなければ国防上責任を持てない」との言辞を引用して浜口を追及。鳩山はあからさまに「軍令部長の意向に反した政府決定は、統帥権を無視した政治上の大冒険」と発言、ともに海軍を援護した。

『浜口雄幸―政党政治の試験時代』の著者波多野勝氏は、「浜口は統帥権干犯問題を政争の具にしようとする政友会の意図を見抜き、統帥権は国会の議論の限りでないと突っぱねる態度に終始した」と分析。浜口自身も後日「統帥権問題は議会のような公開の席で軽々しく議論できる問題ではない」と述懐、海軍に同調した政友会を批判している。

条約は衆議院通過後、天皇の諮問機関である枢密院の審議も難航した。枢密院は重要な国務を審議する天皇の最高諮問機関、条約の可否も審議事項だった。明治21（１８８８）年設置され、議長、副議長、枢密顧問官で構成。「顧問官は当初薩長出身者が多かったが、次第に官僚出身者が増え内閣をしばしば牽制した」（『昭和時代』）。政友会は「枢密院は否決必至」と予測、枢密院を後押しするようにこの年8月に臨時党大会を開催、犬養自ら浜口内閣は統帥権を干犯したとあからさまに倒閣の姿勢を打ち出した。

犬養は大正初め57歳の時、護憲を旗印に尾崎行雄らと第3次桂太郎内閣倒閣に成功、同13（１９２４）年には護憲三派で清浦圭吾内閣も辞職に追い込んだ実績があった。だが今回はマスコミ、世論とも浜口を支持、「政友会の行動は笑止というも愚か」（朝日新聞）と酷評され、「軍閥のちょうちん持ち」の声も聞かれ、犬養の短慮は厳しく批判された。世論の強い浜口支持に枢密院も折れ、10月には天皇の条約批准も無事終えた。

明治憲法に詳しい大石眞京都大教授は「総選挙で大敗し、野党になった政友会が、統帥権問題を振りかざした悪影響は非常に大きい。軍部が政党を利用し、政府を恫喝するようになった」と酷評している（『昭和時代　戦前・戦中期』）。

民政党、政友会の両党対立はその後激化、国会内で流血の乱闘騒ぎも起こった。政友会は前年11月以来病床で治療中の浜口に国会出席を執拗に要求し、事態を憂慮した浜口は昭和6（1931）年3月衆院本会議に出席した。やせ細り声もとぎれ勝ち、体力の衰えは見るに忍びなかったという。懸命に答弁したが、容体はさらに悪化、4月に再手術し浜口内閣は総辞職した。同年8月死去、61歳だった。

若槻内閣の退陣と犬養内閣の成立

浜口内閣の後発足した民政党の第2次若槻礼次郎内閣は、満州（中国東北部）で活発化した抗日運動に対処できず、軟弱外交と非難され続けた。「満州は国防の生命線」と主張する関東軍は柳条湖事件を起こし、満州事変が勃発した。朝鮮駐屯軍も独断で国境を越え満州に進出した。

若槻内閣は「不拡大方針」の声明を出したが関東軍は無視、戦火は満州全土に広がった。同年12月若槻内閣は在任8カ月で総辞職。元老西園寺公望は後任として政友会総裁の犬養を天皇に推挙、同月13日犬養内閣が発足した。76歳の時である。

犬養内閣最大の課題は、満州事変処理と国内の景気回復。初閣議で金輸出再禁止を決定。さらに赤字国債の発行による積極財政などで景気回復を図り、不況対策はある程度効果を上げた。翌年2月には衆議院を解散、政友会を圧勝に導いた。

岡山市吉備津神社の駐車場一角にある犬養の銅像。昭和9年建立

だが満州事変では関東軍の独走を止められず、同7（1932）年3月には満州国建国宣言が出された。犬養は承認を渋ったが、同年5月15日、海軍将校らの凶弾に倒れ「話せば分かる」の名言を残して死去した。76歳。首相在任わずか5カ月、犬養の死で日本の政党政治は終わったとされる。

大正7(1918)年の平民宰相原敬《たかし》政友会内閣成立以来わずか14年、犬養の死をもって戦前の政党内閣の歴史は終わった。犬養が軍部のお先棒をかつぎ、国会で〝統帥権干犯〟を振りかざして浜口内閣を糾弾したことが、軍部に統帥権の魔力を再認識させ、満州事変以後の横暴に結びついたとすれば、軽率な浜口糾弾は責められるべきだ。岡山では語られることのないこの問題は、もっと研究者の間で議論されるべき事項ではないか。

東京駅にある首相2人の暗殺現場

今年で開業100周年の東京駅には、首相2人の遭難を示すプレートがそれぞれ設置されている。一つは浜口、もう一つは原敬である。浜口のプレートは東海道・山陽新幹線から東北・上越新幹線に乗り換える丸の内中央のコンコースの柱に張り付けてあり、少し離れた白い床にある色違いの大理石が遭難場所を示す。現場は第4プラットホームだったが、全面改装でホーム直下のここにおかれたという。近くに文化勲章受章の彫刻家、円鍔勝三の「仲間」の像がある。

原は大正10（1921）年11月4日午後7時過ぎ、京都で開かれる政友会近畿大会に出席するため、改札口に向かっていたところを物陰に潜んでいた国鉄職員に胸部を刺された。駅長室で緊急手当てを受けたが間もなく絶命した。犯人の背後関係は十分に解明されていない。原の遭難プレートは丸の内南口の切符売り場脇の壁にあり、床には遭難場所を示す小さな丸い黒点がある。

東京駅丸の内南口の切符売り場脇には原首相遭難のプレートと現場の床に〇印がつけてある

（2014年11月5日、12日、19日、26日）

〝憲政の神様〟犬養木堂の虚像と実像

犬養木堂（1855〜1932　本名毅）は〝憲政の神様〟して畏敬され、今なお顕彰活動は盛んだ。政党政治確立に生涯を捧げ、大正期には護憲運動を主導して藩閥内閣を2度も倒した。5・15事件の劇的な最期とともに反権力の政治家と語り継がれる。だが毀誉褒貶《きよほうへん》の多い政治家でもあった。策略を好み「裏切り者」「変節漢」と罵倒されたことも少なくない。今年（2015年）は犬養生誕160年、岡山では語られることの少ない犬養の虚像と実像について。

総理大臣就任時の犬養
（犬養木堂記念館提供）

護憲運動により2度も倒閣に成功

犬養は政治家としてすぐれた資質があり、近代政治史上に大きな足跡を残した。その最たるものは大正期、「閥族打破、憲政擁護」を唱えて藩閥政府と対決、2度も倒閣に成功したことだ。大正年間は犬養が最も脚光を浴びた時期である。

大正元（1912）年12月、経費削減を強調していた第2次西園寺公望内閣は全く行き詰まっていた。陸軍は朝鮮半島情勢の緊迫化を理由に、2個師団の増設を求めたが閣議は否認、陸相上原勇作は即位したばかりの若い大正天皇に辞表を提出した。

内閣の一員である陸相が、首相を経ずいきなり天皇に辞任を申し出る行動は、内閣への嫌がらせそのものだった。しかも陸軍は後任を出さず上原を間接的に援護した。当時、陸海軍大臣は現役の大将、中将に限る現役武官規定があり、西園寺内閣は総辞職に追い込まれた。軍部がこの規定を倒閣に利用したのは、この時が初めて。世間は陸軍のストライキと呼んだ（永沢道雄著『大正時代』）。

西園寺内閣の後任として紆余曲折の末、内大臣兼侍従長から転じた桂太郎が第3次内閣を同月発足させた。桂は長州出身の陸軍軍人。陸軍の横車で内閣が倒れたにもかかわらず、長州藩閥、陸軍代表の桂の再登場に国民は怒り、マスコミも桂内閣を一斉に非難した。

この時〝閥族打破、憲政擁護〟を掲げて立ち上がったのが国民党の犬養、政友会の尾崎行雄（号咢堂）らである。犬養の反骨と政治センスが光る行動だった。新聞記者らも加わって同年12月19日、「憲政擁護会」が結成され「第1次護憲運動」がスタート、桂内閣打倒の機運が高まり国内は騒然とした。

翌大正2（1913）年2月5日、数万の群集が議会を取り囲む中、政友、国民両党が提出した桂内閣不信任案が成立、在任わずか57日で倒れた。大正デモクラシーを象徴するこの政変は、〝大正維新〟とも呼ばれ、犬養は立役者の一人、長い政治歴の中で最

犬養と尾崎咢堂（右）は憲政擁護にともに立ち上がった（犬養木堂記念館提供）

も輝いた時である。

同13（1924）年1月、貴族院議員中心の清浦圭吾内閣が発足した時も、犬養は再び立ち上がった。少数政党の革新倶楽部党首だったが、政友会、憲政会と提携、内閣打倒の第2次護憲運動を展開して成功。同年6月加藤高明を首班とする護憲三派内閣を成立させ、逓信大臣として入閣した。後述するが治安維持法と普通選挙法が成立したのはこの加藤内閣の時である。政治家犬養は再びクローズアップされたが、第1次ほどのインパクトはなかった。

犬養には「高潔だが万年貧乏」「機を見るに敏な策略家」「毒舌家」などの評がつきま

とった。狷介《けんかい》な性格で包容力がなかったことも災いして少数政党の党首に甘んじ続けた。だが大正年間にはその先見性と智謀がいかんなく発揮された時期と言えよう。

野党暮らしが長かった政治活動

犬養は明治23（1890）年第1回衆議院議員選挙に35歳で初当選（岡山3区、のち2区）以後、昭和7（1932）年5月、首相官邸で暗殺されるまでの42年間、連続19回当選した。初回から第2次世界大戦後まで連続25回当選の尾崎行雄（1858〜1951）に次ぐ大記録であり、「不世出の政治家」と評されるゆえんである。

明治15（1882）年4月26歳の時、大隈重信の立憲改進党創立に参加、政治活動を本格的にスタートした。その後、中国進歩党→進歩党→憲政党→憲政本党→立憲国

犬養は大正14年政界引退を宣言、富士見高原の別荘に隠棲した（犬養木堂記念館提供）

犬養政友会内閣の前途は多難が予想された（犬養木堂記念館提供）

民党→革新倶楽部を経て、大正14（1925）年70歳の時、長年の政敵立憲政友会に自ら率いる革新倶楽部を合流させて政界引退を宣言。議員も逓信大臣も辞任して信州富士見高原の別荘に隠棲した。

この間ほとんど少数政党の野党暮らし。与党になったのは第2次松方内閣（通称松隈内閣、明治29年9月組閣、1年4カ月）と第1次大隈内閣（通称隈板内閣、同31年6月組閣、5カ月）の2回だけ。いずれも犬養は裏方として内閣誕生に奔走した。隈板内閣時には盟友尾崎が舌禍事件で辞任、後任として文部大臣を数カ月務めた。

だが犬養70歳の〝引退劇〟は、思いがけない展開を見せた。故郷岡山の熱烈な支持者は、補欠選挙に勝手に担ぎ出して当選させたが、犬養は隠棲を続けた。4年後、政友会総裁田中義一の突然の死去に伴う党内混乱収拾のため、党首就任を請われると二つ返事で引き受けた。同6（1931）年12月13日には、76歳の高齢で犬養内閣を組閣した。党内基盤は不安定だったが、引退宣言の時には夢にも思わなかった大願成就である。

首相に就任すると直ちに金輸出再禁止を断行、不況にあえいでいた日本経済を回復軌道に乗せた。だが満州事変処理は手こずった。私的特使の隠密派遣という二重外交まがいの奇策も失敗、翌年5月には海軍将校らのテロで暗殺された。享年77、在任156日だった。

晩年は健康にも恵まれず、首相としてはさしたる業績はなかったが「話せば分かる」の名言を残した。後任の首相は海軍大将斎藤実。犬養の死によって大正7（1918）年9月原敬内閣成立以降14年間続いた戦前の日本の政党政治は終わった。

治安維持法成立に動く

犬養は悪名高い治安維持法成立に積極的に関与した。長年、選挙の投票資格制限撤廃を主張して普通選挙法成立に奔走していたが、関東大震災（大正12年9月1日）翌日に成立した第2次山本権兵衛内閣で逓信大臣として入閣。津山出身の平沼騏一郎も司法大臣に就任した。犬養は平沼とは相性が悪かった。

山本内閣の緊急かつ最大の課題は震災復興だが、犬養にとっては普通選挙法成立も重要事項だった。会議後平沼と2人だけになった時、犬養は「この内閣で普選法をぜひとも成立させたい。協力して欲しい」と頼み込んだ。平沼が「治安維持法案への賛同」を交換条件として出すと、犬養は大きくうなずいたという（『話せば分かる　下』）。

同年12月27日、皇太子裕仁（のち昭和天皇）の車が狙撃された「虎の門事件」（皇太子は無傷だった）が勃発、同内閣は責任を取り総辞職、2人の約束は立ち消えになったが、目的のためには手段を択ばない犬養の策謀が垣間見える。

犬養は前述の清浦内閣倒閣後、護憲三派連立の加藤高明内閣では逓信大臣として入閣、治安維持法成立に奔走した。革新倶楽部の尾崎、清瀬一郎らは断固反対、党内は真っ二つに割れ、「大臣の座と普通選挙法にこだわり治安維持法成立に協力した」と党内やマスコミに酷評された。翌年には普選法と抱き合わせで同法は成立、同14（1925）年5月公布された。

普選法は「25歳以上の男子に選挙権、30歳以上の男子に被選挙権、中選挙区制」が主な内容。選挙人は1240万人と4倍以上に増えたが、選挙人の増加は無産政党を強化させるとの警戒心が、治安維持法と抱き合わせの要因といわれる。ロシアに社会主義政権の誕生も拍車をかけた。同法は国民の思想信条の弾圧に利用され、多数の検挙者を出したことは知られる。成立後まもなく、罰則の最高刑が死刑に引き上げられた。

ほかにもある犬養の変節行動

寺内内閣時の大正6（1917）年ロシア革命が勃発（2月、10月）。寺内から政府直属の臨時外交調査会委員（大臣クラス）就任を要請されると、政友会総裁の原とともにあっさり受諾した（加藤高明は拒否）。同委員会は外相、内相、陸海相、枢密顧問官、政党党首らで構成された。犬養は「国民党の政策を反映させるため」と弁明したが、「変節漢」と痛罵され、支持者、党支部からも抗議が殺到した。

寺内内閣はこの後シベリアに出兵。日本は共同出兵した欧米諸国が引き揚げた後も残留を続け非難を浴びた。同7（1918）年9月、寺内内閣は富山県から全国に波及した米騒動で辞任に追い込まれ、平民宰相原敬内閣がスタートしたことはよく知られる。

犬養の長い政治活動で最大の汚点とされるのは、昭和5（1930）年5月のロンドン海軍軍縮条約締結を非難する海軍に同調したことだ。当時、政友会総裁の犬養は「政

地元紙は犬養が浜口首相を国会で厳しく追及したと伝える（昭和５年４月26日付）

権獲得近し」と読んで、首相浜口雄幸を重篤の病床から国会に喚問、〝統帥権干犯〟と執拗に糾弾を続けて総辞職に追い込み、浜口の死期を早めた。

山陽新聞社編『話せば分かる　上』によると、「当時、国民は浜口内閣の軍縮に大きな期待を寄せており、政友会は新聞などでこっぴどくたたかれた。憲政の神様も〝軍のちょうちん持ち〟になった、と酷評されるほど犬養の国会追及は軍部を利した」と断言している。この国会論議は軍部に統帥権の魔力を改めて悟らせ、以後、満州での軍事行動を勢いづかせた。

司馬遼太郎は歴史エッセイ『この国のかたち』で統帥権干犯問題に触れ、「日本は統帥権という魔法の杖を振り回す軍部によって滅ぼされた」「統帥権は、無限、無謬、神聖という神韻を帯びはじめる。立法、司法、行政から独立するばかりか、超越すると考えられ始めた」と記述。犬養が初めて取り上げた国会での統帥権干犯論議の軽薄さはもっと研究されてもよい。

（2015年1月28日、2月4日、11日、18日）

幕末「花燃ゆ」のころ、老中首座阿部正弘と同板倉勝静の危機対応

NHK大河ドラマ「花燃ゆ」のヒロイン杉文《ふみ》が乙女のころ、幕末動乱時に中国地方2人の藩主が老中首座、現在の総理大臣に相当する要職を務めた。一人は福山藩10代藩主阿部正弘（1819〜1857）、もう一人は備中松山藩7代藩主板倉勝静《かつきよ》（1823〜1889）である。

福山城内の阿部正弘銅像。市制60周年を記念して昭和53年に建立された

阿部は米東インド艦隊司令長官マシュー・ペリー来航時、勝静は阿部より20年後の将軍慶喜の大政奉還時、ともに未曽有の

難題に対処したが、2人の危機対応は対照的だ。阿部は〝収拾の偉才〟と評され、勝静は藩を朝敵に追い込む自滅の道を進んだ。判断力と度量、情報収集の違いが評価を決めたと言えよう。

阿部はペリー浦賀来航に対応

江戸時代、将軍は徳川家康から慶喜まで15人だが、老中は計163人もいた（吉川弘文館刊『国史大辞典』）。御三家、親藩、外様大名は初めから除外されており、5万〜10万石の譜代大名から選ばれた数人が執務。朝廷、公卿、寺社、大名などに関する政務や、大目付、江戸町奉行などを監督した。重要事項は合議し、この中から家格、実績のあるものが時に応じて首座に選ばれた。

福山藩は10万石の譜代大名。阿部正弘は19歳で7代藩主を継ぎ、25歳で老中、2年後には老中首座に就任する異例の昇進。家柄もさることながら、非凡な才を持っていたのだろう。以後15年間も首座を務め、ペリー来航時の開国要求に無難な対応をした。

阿部が老中に就任したのは天保14（1843）年9月、2年後には老中首座に昇任した。前任水野忠邦の「天保の改革」失政辞任に伴うもの。当時日本周辺には米、英、仏、露の外国船が出没、開国と通商を求める動きが活発化していた。海防強化は焦眉の課題だったが、幕府は財政的に余裕がなく焦燥感を募らせていた。

太平洋戦争末期に焼失した福山城は昭和41年に復元された

嘉永6（1853）年6月、米・ペリー艦隊が軍艦4隻を率いて江戸湾奥深くまで侵入、大統領フィルモアの国書を持参して開国と通商を強硬に求めた。湾内の測量を勝手に行い、まさに〝攻撃準備終了〟のデモンストレーションまで行った。恫喝外交、砲艦外交の典型である。この時阿部は前例を破って相模・久里浜で国書を浦賀奉行に受け取らせ、来年の回答を約してとりあえず立ち去らせた。

「泰平の眠りをさます上喜撰（蒸気船）たった四はい（四隻）で夜も眠れず」。幕府の周章狼狽ぶりを示す狂歌として広く知られるが、阿部ら幕府首脳は、長崎・出島のオランダ商館長を通じて海外事情には詳しかった。清がアヘン戦争に敗れ香港を割譲した情報も、ペリーが近く来航することも知っていた。

ペリー提督上陸地に建つ記念碑＝横須賀市久里浜

開国には応じたが通商は断固拒否

ペリー離日後の阿部の対応は果断だった。まず頑固な攘夷論者の前水戸藩主徳川斉昭のもとに足を運び、海防掛参与を依頼した。御三家である斉昭の自尊心をくすぐる絶妙の作戦。また斉昭は薩摩藩主島津斉彬、越前藩主松平慶永ら有力大名と親しく、「斉昭を通じて攘夷派の抱き込みに成功した」と山本博文東大史料編纂所教授は分析する（『ペリー来航　歴史を動かした男たち』）。

一方、大船建造の解禁、江戸、大坂湾防備の強化などを指示するとともに、ペリー来航を朝廷に上奏、諸大名、幕臣から庶民にまでペリーの開国要求について意見を募った。700以上の提案がよせられたが、これらの措置は「朝廷の発言力を増し、諸大名の幕政への関与を認めた弱腰外交」との批判もあるが、攘夷論の鎮静効果はあった。

翌安政元(1854)年早々ペリーは予想より早く神奈川沖に来航、強硬に再交渉を迫った。阿部は鎖国策の破棄を決断、同年3月3日日米和親条約を結び、下田、箱館の開国に踏み切り、薪炭、水、食料の補給などを認めた。161年前の今ごろである。だがペリーが強く要求した通商条約はかたくなに拒否、帰国させた。

これを機に、勝海舟、川路聖謨《としあきら》、岩瀬忠震《ただなり》、永井尚志《なおむね》、江川英龍ら有能な人材を積極的に登用、海防と外交に活躍させた。昨年11月に亡くなった評論家松本健一は、著書『第三の開国と日米関係』でこの時の阿部の対応を評価、「近代日本の礎づくりに貢献した」としている。人材育成のために創設した長崎海軍伝習所は日本海軍、講武所は陸軍の幹部養成所になり、洋学所（のち蕃書調所）は東京大に発展した。

笠岡生まれの福山藩儒・関藤藤陰らを活用

阿部は老中就任と同時に備中国吉浜生まれ（現笠岡市吉浜）、頼山陽に師事した儒学者関藤藤陰（1807～1876）を御用係に任命、江戸に常駐させて活用した。藤陰は蟄居中の徳川斉昭の赦免を実現、斉昭は前述のようにのち海防参与として阿部を助けた。またペリー最初の浦賀来航時には現地で情報収集にあたり、阿部の開国決断を後押し、3年後の安政3（1856）年には蝦夷、同4（1857）年樺太を探査、報告書『観国録』をまとめ北方領土の実情を明らかにした。

明治元（1868）年1月戊辰戦争の際、尾道から東上した長州軍は、福山城を囲み大砲を城内に打ち込んで威嚇した。藤陰は藩家老とともに長州陣を訪れ、和議をまとめ城下を戦火から守った（『福山市史』）。このため逝去100年の昭和51（1976）年、市民有志が福山市三吉町、福山市立図書館（当時）の東庭に阪谷朗蘆撰文の「吉備之国第一流人」と刻んだ顕彰碑をつくった。

この顕彰碑を訪れた。福山駅内の観光案内所は全く知らず、地図を頼りにやっと探し当てたが、図書館移転後の広大な跡地の隅に横長の大きな石碑だけがぽつんと立っていた。身を賭して福山藩と城下町を守った藤陰の碑は寂しそうだった。

阿部はペリー再来日時も、藩儒学者江木鰐水（1810〜1881）を江戸町奉行家臣の名目で黒船に乗船させ、ペリーの人柄、装備の状況、艦内の雰囲気を探らせた。平成25（2013）年2月、広島県立博物館（福山市西町）が明らかにしたことは記憶に新しい。

笠岡生まれ、福山藩儒学者関藤藤陰の顕彰碑＝福山市三吉町

阿部は和親条約締結後、体調不良を訴えていたが、安政4（1857）年6月急死し

た。39歳。老中首座になっても話を聞くときは、正座の姿勢を崩さず、〝幕末三舟〟（勝海舟、山岡鉄舟、木村芥舟）の一人、芥舟は「夏には阿部の座った跡は、汗で畳が湿っていた」と書き残すほど多数の人に真面目に対応した。

阿部は藩士教育にも力を入れた。安政2（1855）年藩校誠之館を開校、8歳～17歳の藩士子弟の就学を義務付けたばかりでなく、庶民の子供にも門戸を開放したが、この時も藤蔭が尽力した。明治5（1872）年に同校は廃校になったが、現広島県立福山誠之館高校（福山市木之庄町）はその伝統を引き継ぐ。

門を入ると左側にある誠之館高校記念館は、現福山市霞町中央公園付近に開校した藩校の玄関と昭和8（1933）年に同市三吉町（現県合同庁舎敷地）に移築された時に増築された主屋を組み合わせたもの。「唐破風玄関と入母屋造り主屋が巧みに融

県立誠之館高校に保存されている
藩校の玄関＝福山市木之庄町

合した美しさがある」という（福山市文化課）。昭和44（1969）年、高校移転に伴い現在地に再移転した。平成13（2001）年国登録有形文化財。江戸中屋敷にも同名の藩校を創設、跡地には東京・文京区立誠之小学校がある。

幕府崩壊寸前の老中首座板倉勝静

勝静は天保13（1842）年、備中松山藩主板倉勝職《かつつね》の養嗣子になり、嘉永2（1849）年藩主、文久2（1862）年3月40歳の時老中に就任した。大老井伊直弼が水戸浪士らに暗殺された「桜田門外の変」の翌々年、老中安藤信正が坂下門外で襲われた2カ月後、歴史の激動が幕府を根底から揺さぶっていた。まさに〝火中の栗〟を拾う立場だが、本人にその自覚と決意があったかどうか。

板倉勝静
（山陽新聞社提供）

「賄賂も使わずに老中に就任できたのは方谷の藩政改革の実績が後押しした」との見方もあるが、家柄の良さを挙げる見解もある。8代将軍吉宗の玄孫、「寛政の改革」を断行した老中松平定信の孫という毛並みの良さである。分家の庭瀬藩板倉家、上州安中藩板倉家からはすでに老中を出しており、遅すぎるぐらいだ。

横浜港閉鎖交渉を命じられた池田長発像は井原陣屋跡にある＝井原市

勝静は前任の寺社奉行当時、大老井伊直弼の過酷な弾圧策（安政の大獄）に反対して罷免されたことも、有利な条件となったと思える。方谷研究の第一人者朝森要氏は「担当は外国御用取扱い、外国人に賄賂など不正を許さない厳正な態度で接し、畏敬されるようになった」と無難な出足を評価している（『幕末の閣老板倉勝静』）。だが直後の薩摩藩生麦事件（文久2年8月）では賠償金額で手こずり罷免されたが、間もなく復権した。

文久3（1863）年12月末、攘夷論が沸騰する中、勝静は5年前の安政修好通商条約で欧米5カ国に開港した横浜港などを再び閉鎖するという愚策を決断。備中井原知行所当主、旗本の池田長発《ながおき》（1837〜1879）を交渉団長として欧米に派遣した。長発は最初に訪れたフランスで鎖港の愚かさとむずかしさを悟って任務を放棄して帰国。当初は上陸さえ許されず、禄を600石に半減され蟄居を命じられた。維新後、井原に帰る途中の岡山で明治12（1879）年9月死去した。享年43。

決断力なく自滅の道を突き進む

勝静が老中首座に就任したのは慶応2（1866）年6月。幕府崩壊の寸前だった。以後短期間に次座降格、首座復帰を2回繰り返す。翌3年10月、将軍慶喜は大政奉還を朝廷に申し出る前日（13日）、京都在住の10万石以上の諸藩重臣を二条城に召集した。勝静は次座だったが、席上大政奉還の趣旨を将軍に代わって説明。質問、意見には同席の将軍がじきじき答えると補足した。幕府への忠誠心厚い勝静は、最も生きがいを感じた時だろう。

だが勝静の大政奉還申し出とほぼ同時に、朝廷は薩長2藩に討幕密勅を出した。幕府は朝敵となり慶応4（1868）年1月鳥羽伏見の戦いで官軍に敗れる。この後の勝静の生き様は見苦しい。慶喜に従ってひそかに戦線離脱、部下を置き去りにして軍艦で江戸に逃げ帰った。〝敵前逃亡〟である。慶喜は上野・寛永寺に謹慎。勝静は家督を譲って幕府軍参謀として箱館まで転戦した。

このため備中松山藩は朝敵として官軍側の岡山藩に征討される立場になり、藩士を苦境のどん底に陥れた。明治2（1869）年、家臣は箱館に赴き、勝静旧知のプロイセン船長の商船に誘い出して半ば軟禁状態で江戸に連れ戻して自首、明治政府に禁固処分にされた。3年後許され、上野・東照宮神主として過ごす。同22（1889）年4月死去、享年66。

幕政でも板倉勝静の相談相手を務めた山田方谷＝高梁市

勝静は激変する幕末の政局に対応するにはあまりにも力不足だった。識見も度胸もなく、重責に押しつぶされたリーダーの典型例と言えよう。老中在職時にも、事あるごとに方谷の意見を聞いており、「決断力のないのが弱点」（勝海舟）の評価があるのもうなずける。

余談だが、「大政奉還の上奏文は方谷が起草した」（『炎の陽明学―山田方谷伝―』）という説がある。朝森氏は「方谷はこの時国元におり、上奏文は慶喜が若年寄永井尚志に作成させた」と断定（『幕末史の研究―備中松山藩―』）、方谷上奏文起草説を真っ向から否定する。

朝森氏は『改定肥後藩国事資料』に基づき、「大政奉還説明の翌日、慶喜が永井に命じて上表文を起草させ、高家大沢基寿を使者として朝廷に提出されたことは明白。原案の写しは永井家に残っている」と力説。方谷自身も故郷でのち大政奉還を聞いて「驚きで声も出ない」と述べているくだりが『山田方谷全集』にも載っているという。神格化され、歪曲化された方谷像を正しく理解する努力はまだまだ必要だ。

（2015年2月25日、3月4日、11日、18日、25日）

II 歴史の行間を読む

国宝赤韋威鎧に桜ロマンを想う

桜の満開も間近。岡山・旭川畔のさくらカーニバルも始まった。この時期になると各地の桜便りが気になる人は多いだろう。私は桜のシーズンにはいつも岡山県立博物館所蔵の国宝赤韋威鎧《あかかわおどしよろい》を思い出す。今年も新春早々、岡山県立博物館でこの鎧をじっくりと鑑賞、県外流出を防いだ吉備国際大元教授臼井洋輔氏の努力と、鎧にまつわる桜ロマンに想いを馳せた。

国宝の赤韋威鎧。関係者の努力で県外流出が止められた（『文化探検 岡山の甲冑』より転載）

県外流出寸前だった赤韋威鎧

臼井氏は甲冑、刀剣、彫金研究の岡山県第一人者で知られる。岡山県ゆかり、平安時代末期の貴重な鎧が売り出されるのを知ったのは、県立博物館学芸課長兼統括学芸員時代の平成8（1996）年。すでに東京国立博物館をはじめ著名な私立美術館が購入に名乗りを上げていた。「岡山県内に留めるべき貴重な文化遺産。他県に渡してはならない」との信念から各方面に折衝、同年1～3月だけで20回も上京したという。

最終的には知事の勇断で同年度中に6億円で購入できた。当時、金額についてはさまざまな議論もあったが、臼井氏は「岡山県のためにまたとない買い物だったという信念は今も揺るがない」と振り返る。鎧は平成11（1999）年6月7日国宝に指定され、再び脚光を浴びた。

10年後の同21（2009）年秋、今度はニューヨークで世界の注目を集めた。10月20

日〜1月10日、ニューヨーク・メトロポリタン美術館の「ART OF SAMURAI」展でニューヨーク・タイムズに激賞された。「平安末期の工芸技術の素晴らしさを今に伝える絶品。アメリカ人にもサムライの美意識を集約したこの鎧の素晴らしさが理解された」と臼井氏は断言する。

鎧兜は武士の晴れ着である。特に武士が台頭した平安時代末期から鎌倉期にかけての戦いでは、武将は堂々と名乗りを上げ一騎打ちをする騎馬戦が多かった。まさに晴れ舞台での晴れ着であるが、いのちを守る武具でもある。鎧兜の個々の造りにもそれぞれ武具として機能が秘められ、色彩やデザインには独特の美意識がある。

臼井氏は「鎧には当時の工芸技術である鍛工、漆工、鍍金、彫金、染色、皮革加工など集約されている。特にこの赤韋威鎧は絵巻物で見る限り、断トツの主流であったが、今や全国でただひとつ岡山に残存するだけ。平安時代末期の貴重な文化遺産」と胸を張る。

赤韋威とはあかね染めの韋で小札《こざね》（短冊状の小さな板）を綴った鎧のこと、威《おど》すは「緒を通す」が語源である。鎧の小札は鉄と革で構成される。横に3分の2ずつ重ね合わせて黒漆を塗り強度を高めており、小札総数は1800枚以上。騎馬に乗る武将が使用したと推定される。重さは25キロもある。

赤韋威鎧の故郷信州遠望

この鎧は承久の乱（1221）後、備中穴田郷（現高梁市宇治町）に新補地頭として着任した赤木家の伝来品。同家は信濃・赤木郷の出身。いつの戦いか不明だが、鎧の胸板覆輪下の金属に頸部を狙った太刀打ち戦でつけられた刀傷がある。さらに胸部あたりに鉄小札1枚の欠損があり、いずれも騎馬接近戦の刀傷という（臼井氏）。名ある武将が実戦に着用してい

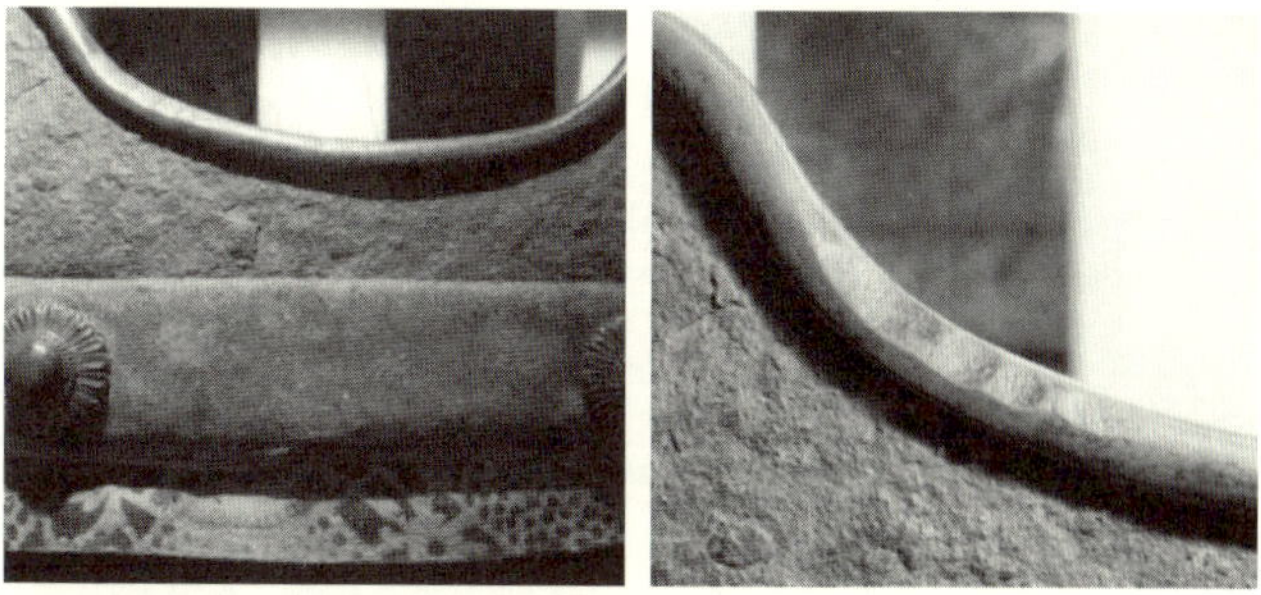

鎧の覆輪部にある刀傷。騎馬接近戦で太刀の切先が削りとったか？
（『文化探検　岡山の甲冑』より転載）

たことがうかがえる。

岡山県がこの鎧購入を決定した時は東京に保管されていた。引き取りに行った臼井氏はその様子を『岡山の文化財』（吉備人出版）『文化探検　岡山の甲冑』（日本文教出版）に感動的に記している。鎧を運ぶ美術梱包車は東名、名神高速道ではなく中央道を進んだ。臼井氏は「古里を一目みたいという鎧の意思に導かれたかのように、ドライバーは自然に中央道に車を乗り入れた」と語る。

臼井氏によると、信州を通過したのは平成8（1996）年4月22日。例年なら桜のシーズンはとっくに終わっている時期だが、この年は春の訪れが遅かった。「路傍の桜の、激しく風で舞い散る様はこの上ない悲しさ、激しさ、美しさを見せつけ、鎧の主も私の心に魂をぶつけ、バイブレーションを高め、激しく揺さぶり、息が詰まった」と当事者ならではの思いを『文化探検　岡山の甲冑』に感動的に語っている。

季節が最も美しい時期に鎧の古里通過である。臼井氏は美しい風景の出迎えに感謝するとともに、鎧にちりばめられている桜紋、また梅紋についても触れている。右胸の梅檀板華粧板絵板に「桜花紺返文」という小さな五弁の桜花が3個、絶妙のバランスで染め抜かれているという。

私は「今年はぜひとも確認しよう」とその部分を探した。あった！　かなり色あせているが確かに桜花である。ほかにも左草摺《くさずり》には桜花が房として描かれ、また七弁の桜草文は草摺裏全面、大袖裏包韋などにもある。

「赤韋威鎧の岡山移送に際し、古里信州の桜と桜紋の775年ぶりのランデブー。鎧の積年の思いが古里の最も美しい桜の時期に出会った。これはまさに中国のことわざにいう『古物有霊』である」と臼井氏はその奇縁を語っている。物言わぬ国宝の赤韋威鎧から多くのことを教えられた。

（2014年4月2日、9日）

岡崎嘉平太と日本海海戦の功労者藤井較一海軍大将

明治38（1905）年5月27、28の両日、連合艦隊司令長官東郷平八郎率いる日本海軍は、ロシア・バルチック艦隊（38隻）を対馬海峡で待ち構えてほとんど殲滅、世界史上まれな大戦果を上げた。109年前の日本海海戦である。

岡崎嘉平太
（山陽新聞社提供）

東郷司令長官の沈着冷静な指揮と、作戦参謀秋山真之中佐の7段戦法が勝因とされた。司馬遼太郎は『坂の上の雲』（昭和44年刊）で東郷は対馬海峡通過を信じて疑わなかった名提督、秋山はバルチック艦隊を全滅させた作戦発案者と評価、この見解は国民の間に定着した。

近年、秋山以上に同海戦の功労者とされるのが岡山県出身、第2艦隊参謀長藤井較一大佐（当時、のち大将　1857〜1926）である。連合艦隊幹部は姿を見せないバルチック艦隊に不安をつのらせ、作戦会議で津軽海峡移動を正式決定しようとしたとき、藤井ひとりが断固反対。結果的に藤井の主張が大勝利に結びついた。

藤井較一
（山陽新聞社提供）

海戦10年後、藤井の部下が公表したが、藤井自身は何も語らず関係者も黙秘。この史実は単なる噂として闇に葬られたままだった。この歴史秘話を公表したのは、筆者の知る限りでは、岡山県出身、著名経済人の岡崎嘉平太（1897〜1989）が最初である。

日本海海戦での藤井の功績を最初に紹介

岡崎嘉平太は日本海海戦での藤井の功績を語り続けていた。全日空相談役時代の昭和42（1967）年11月、日本経済新聞に連載した「私の履歴書」で、東京帝大学生時代に本人から聞いた話として、藤井が対馬海峡に固執した逸話を紹介。その功績を世間が知るところとなった。司馬がサンケイ新聞に「坂の上の雲」を連載する1年前である。

明治38（1905）年5月25日午前、朝鮮半島南端の鎮海湾に投錨中の旗艦「三笠」で艦隊幹部会議が開かれた。バルチック艦隊は予想日を数日過ぎても現れず津軽海峡に回ったと判断、同日午後3時開封の密封命令で全艦同海峡へ移動するための最終打ち合わせだった。

対馬か、津軽か。バルチック艦隊針路をめぐって激論が交わされた「三笠」の長官公室

だが、藤井ひとりが移動に強硬に反対、バルチック艦隊対馬海峡通過を主張して譲らなかった。全員がいらだち藤井は孤立する中で、遅れて駆けつけた島村速雄第2艦隊司令官が藤井に賛同。東郷司令長官は1日だけ移動延期を決断した。東郷は会議には出席せず自室で待って議論の内容を聞き、最終的に結論を出したとされる。

翌日未明、バルチック艦隊が対馬海峡へ向かっていることが分かった。連合艦隊が津軽海峡に移動しておれば、同艦隊はやすやすとウラジオストクに入港するところだった。秋山は津軽移動を主導しており、対馬海峡に固執した藤井の大手柄とされるゆえんだ。このことは日露戦争後、一部流布されたが、肝心の藤井自身は全く語らず関係者も口をつぐみ、伝聞の域を出なかった。

司馬は『坂の上の雲』では、藤井についてはほとんど触れていない。NHKが3年にわたって放送したスペシャルドラマ「坂の上の雲」も当然司馬説に従っており、藤井は全く登場しなかった。だが近年、半藤一利著『日本海軍の興亡』(平成6年刊の『日本海軍の栄光と挫折』改題）、野村實著『日本海海戦の真実』（同11年刊）などで藤井の功績は次第に明らかにされた。岡崎はこれら研究者より30年も早く世間に公表したことになる。

『日本海海戦の真実』（講談社）は防衛庁に秘匿されていた『極秘明治三七八年海戦史』150巻に基づき、バルチック艦隊の針路を巡る連合艦隊首脳部の苦悩ぶりや、対馬海峡通過を譲らなかった藤井大佐の毅然とした態度が詳述されており、「目からうろこ」の新事実が多い。

日本海海戦での藤井較一大佐（当時）の功績を詳述する書籍

作家半藤一利氏は藤井を「薩摩閥主流の海軍の中で出世は遅れていたが、無私無欲、寡黙で誠実な人柄、計数には明るく、強靭な意志力は群を抜いていた」と賞賛している。野村は早逝したが、半藤氏は今年（2014年）刊行の『日露戦争史3』でも藤井を高く評価している。

学生時代から藤井を畏敬

藤井は岡山県ただ一人の海軍大将（陸軍大将は3人）。『岡山県歴史人物事典』によると、安政4（1857）年備前国赤坂郡坂部村（現赤磐市赤坂町坂辺）に生まれた、とある。だが、藤井家の言い伝えは、祖先は毛利に仕え尼子征討後に美作・垪和の豪族となった。宇喜多に追われ近くの籾村に土着したという（『藤井大将を偲ぶ』）。藤井は幼少時、岡山藩家老池田隼人に出仕する父に従い岡山城下内山下に移住、私立遺芳館に学んだ。

明治7（1874）年17歳の時海軍軍人を志し、兵学寮予科、本科卒業後、日清戦争を経て日露戦争では仁川沖海戦、旅順口閉鎖などで活躍。日本海海戦直前の同38（1905）年1月連合艦隊第2艦隊参謀長となった。のち横須賀鎮守府司令長官など務め、大正5（1916）年大将に昇進後予備役に編入。同15（1926）年8月69歳で死去した。

藤井は在任中功績めいたことは全く語らなかった。藤井に関する著作も、昭和61（1986）年、没後60年に編纂された『藤井大将を偲ぶ』（没後60年記念誌刊行会編、非売品）がある程度。岡崎は同書の題字を揮毫、また「藤井海軍大将に学んだ情報の読み方」の一文も寄稿している。

遺族が編纂した『藤井大将を偲ぶ』は貴重な資料だ

岡崎は「私の履歴書」で人生に影響を与えた人物として第一に母、次に東京帝大学生時代に会った海軍大将（当時予備役）藤井を挙げるほど畏敬の念は強かった。学生時代に郷土の先輩として藤井の自宅を数回訪問する機会があり、バルチック艦隊対馬海峡通過の主張について聞いたという。

「対馬海峡通過説を譲らなかったことは、日本海海戦の勝敗を決めた大功績だ。どのようにしてあのような判断ができたのか、教えてほしい」と単刀直入に尋ねた。藤井は「あれは功績というものではない。お上から手当をいただいて作戦の研究をしているのだから当然のこと」と言って口をつぐんでしまったという。岡崎は功を誇らない謙虚さに打たれ、藤井を畏敬するようになったと回顧している。

岡崎は「私の履歴書」のほかにも、81歳時の自叙伝『私の記録』（昭和54年）では、「わが人生の師」として美土路昌一、松村謙三、周恩来らの著名人とともに藤井を挙げ、『岡崎嘉平太伝』（平成4年刊）でも、人生の師としての藤井への思い入れを熱く語っている。

藤井から大津事件秘話も取材

藤井は明治23（1890）年有栖川宮威仁親王付き海軍武官になった。33歳、海軍では初めてという栄誉。翌年には来日中のロシア皇太子が警備中の巡査に襲われた大津事件に出くわしたが、機敏に対応し政府関係者らから感謝された。これについてもあまり知られていないが、岡崎は学生時代にこの秘話を聞き出し、『私の履歴書』『私の記録』に詳述している。

前述のように藤井は「バルチック艦隊対馬海峡通過の判断は職務上当然のこと」と口をつぐんだため、岡崎は「それでは生涯に手柄はなかったのか」と意地悪な質問をぶっつけたという。すると藤井は「ひとつだけある」として答えたのが大津事件の際の対応である。

大津事件は明治24（1891）年5月11日おこった。琵琶湖観光から京都に戻る途中のロシア皇太子ニコライ2世が大津市内で警備の巡査にサーベルで斬りつけられた。この時の日本側接待責任者が有栖川宮だった。関係者があわてふためく中で、藤井は事件の重大性を見抜き、独断で宮内庁宛に「天皇の見舞いが事件解決の最大のかぎ」と電報を打った。すると宮内庁から藤井に直接返電があり、明治天皇は臨時列車で駆け付け丁重にロシア皇太子を見舞った。

ロシア側も天皇の見舞いに感謝、翌年有栖川宮と藤井を招待、藤井は神聖アンナ第33等勲章を贈られた。この皇太子がのちロシア皇帝ニコライ2世として日本と戦うのだから歴史とは不思議だ。

記念艦「三笠」復元に尽力

「三笠」は日露戦争終結後、佐世保港内停泊中原因不明の火薬庫爆発で沈没。引き揚げ後現役復帰したが、ワシントン軍縮条約（大正11年）で廃艦が決まった。直後から保存運動が高まり、大正14（1925）年11月船首を皇居の方角に向け、横須賀港に永久保存されることになった。

横須賀・三笠公園に復元された記念館「三笠」と東郷元帥像

太平洋戦争後「三笠」は荒れ放題だった。岡崎がこの「三笠」の復元保全に尽力したことは知られていない。「三笠」は連合軍の命令で上部甲板の大砲、マストなどを取り外され、一時ダンスホールや水族館に転用されたが、その後荒れるに任せ放置されていた。この状況を憂えたのが太平洋戦争時の米海軍提督ニミッツらの米国人。東郷の崇拝者で知られるニミッツは保存を強く訴えた。日本の政財界人多数も賛同し三笠復元の機運が高まった。

昭和33（1958）年11月解散していた三笠保存会が再組織され、会長に渋沢敬三、岡崎は理事長に就任、復元のための募金活動に乗り出した。なぜ岡崎が募金の責任者になったかを語る資料は何もない（岡崎嘉平太記念館の話）。日露戦争功労者、同郷の先輩藤井への畏敬の念がこの要職に就かせたのかもしれない。

募金目標は1億5000万円、国庫補助5000万円を見込んで計2億円の予算。内外から1億6000万円が集まり、補助金も予定通り、計2億1000万円で同36（1961）年5月27日に「記念艦三笠」として横須賀市白浜海岸の三笠公園に復元された。岡崎は以後死去まで顧問を務めた。

「記念館三笠」を訪れた。京急線横須賀中央駅から徒歩15分、東京湾に面した三笠公園には東郷元帥の巨大なブロンズ像、双眼鏡片手に敵をにらむ雄姿があった。海岸に日本海海戦の旗艦「三笠」が静かに横たわる。

日本海海戦の主役「三笠」の雄姿。今は入館者をひっそりと待つ

全長122㍍、幅23㍍、速力18ノット。イギリスで建造され、当時世界でも指折りの優秀戦艦だった。上甲板の前部、後部にそれぞれ2門の主砲（口径30㌢）、船腹から突き出た副砲（同15㌢）や補助砲。高い煙突にマスト。日本海海戦ではバルチック艦隊の集中砲火を浴びながら先頭で戦った明治の軍艦の威容が眼前にあった。

上甲板で明治の巨砲をなで回してその大きさを実感、中甲板の展示室でゆかりの資料を見学した。意外と質素な長官公室や居室。津軽海峡移動を巡って白熱の議論が交わされたのはこの公室か、と思って部屋をのぞきこんだ。床にじゅうたんは敷いてあったが、普通の会社の小会議室の感じ。藤井の座席はどこだったのか、遅れて駆けつけた島村第2艦隊司令官はどこで藤井に賛同意見を述べたのか—など興味は尽きなかった。

展示室には東郷、秋山をはじめ当時の海軍首脳らの肖像が麗々しく並んでいたが、藤井についての解説はパンフにも艦内のどこにもなかった。岡崎が現在、「記念館三笠」を訪れたら「君、どうして藤井先輩の大手柄を説明していないのかね」と、あの穏やかな口調で責任者に尋ねたに違いない。タラップを降りながら岡山県人は藤井較一大将の功績と人柄をもっと知るべきだ、と思った。

（2014年5月21日、28日、6月4日、11日）

◇本稿は『岡山人じゃが　2014』に寄稿した。

富岡製糸場の1年半後に操業した笠岡製糸場の盛衰

世界遺産に登録された富岡製糸場（群馬県富岡市）が大人気だ。「富岡製糸場と絹産業遺産群」は今年（2014年）6月21日の登録決定以来、観光客が飛躍的に急増しているという。同製糸場は明治5（1872）年10月操業以来132年間、当時の建物がほぼ完全に保存されている貴重な産業遺産だ。

この富岡製糸場より1年半遅れ、笠岡市（当時小田郡笠岡村）には同7（1874）年4月創業した笠岡製糸場があった。有望企業と期待されたが経営は思わしくなく、経営者も転々と替わり、大正11（1922）年吸収合併に追い込まれた。48年の波乱の歴史をたどる。

県トップの強力な支援で誕生

笠岡製糸場は現笠岡市笠岡、笠岡市役所分庁舎第4と中央公民館がある場所で操業開始した。『岡山県蚕業沿革史』によると、敷地面積約2400坪（約7900平方㍍）に平屋建て工場65坪（214平方㍍）、2階建て本館47坪（155平方㍍）、2階建て倉庫33坪（108平方㍍）などがあった。『岡山県史　近代』（昭和60年刊）には工場面積200坪（660平方㍍）とある。敷地面積や当時の写真から判断すると、『県史』が正しいと思える。

明治維新後、小田県（笠岡、井原など岡山県西部と備後地方）初代権令《ごんれい》（知事に相当）に就任した矢野光儀《みつのり》（1822～1880）は、在任中（明治5～8

笠岡製糸場跡に建つ笠岡市役所分庁舎第4

年）に教育、地方自治などで先進的な施策を進め、特に「蚕事ノ儀ハ御国産第一ノ業」として製糸業振興には精力的に取り組んだ。

県公金御用の為替方島田組（京都）の島田八郎右衛門に製糸工場建設を命じるとともに、同6（1873）年9月、旧藩士族の男女4人を東京・勧工寮に派遣。スイス人技師から繰糸技術などを習得させた。さらに島田組は政府から1万5000円の融資を受け、翌7（1874）年4月笠岡製糸場の操業にこぎつけた。

1年半先輩の富岡製糸場は官営、敷地1万5000坪余に木骨レンガ造りの繰糸場、2棟の巨大繭倉庫、外国人技師宿舎などがあった。幕末に列強5カ国と締結した通商条約は、欧米に比べ格段に安い日本産生糸の輸出を急増させた。これに目を付けた明治新政府は、外貨獲得のため全国各地に養蚕を奨励する一方、仏人技術者を招いて明治5（1872）年大規模な官営富岡製糸場を操業、品質の良い生糸の大量生産に乗り出した。

笠岡は富岡とは比べようもないほど小規模だが、それでも「築造洋風ヲ模シ頗ル壮観ナリ」と『笠岡村史』（明治9年刊）は記述する。鉄道も電気もない当時、田んぼの中に出現した巨大でしょうしゃな建物が地元の人々を驚かせたさまがうかがえる。

工場に据え付けられた製糸器械も人々を仰天させた。当時繭から生糸を採るのは、座繰り器械による手作業だが、同工場は12釜の設備を持ちモダンな糸繰り器械がずらりと並ぶ（富岡は３００釜）。糸繰り技術を習得した指導者のもとで、多数の工女が手際よく釜から糸を採りだす光景に人々はたまげたに違いない。

当時の写真が残されているが、和服に日本髷の工女が並ぶ作業風景はまさに壮観。伝習生を含め工女は約60人いたという（『笠岡市史』平成8年刊）。1

操業開始時の笠岡製糸場。両側に工女と糸繰り器械が並ぶ（笠岡市柳生写真館提供）

釜に1・3人配置が普通とされるが、不慣れのために人が多かったのか、事務管理部門を含む人数なのか、今後の研究に待ちたい。

古来、美作、備中地方では農家の副業として細々と養蚕が行われていた。江戸時代半ばには久世、笠岡の代官を務めた早川八郎左衛門（1739〜1808）は「海なき国には、蚕の業を勧《すす》むる事、昔よりの教へなり。必ず捨つべからず」と桑の栽培と生糸づくりを奨励、両地方には製糸業発展の素地は培われていた。

不況に翻弄され48年で幕

矢野権令の音頭取りで華々しくスタートした笠岡製糸場だが、その後の経営は順調とは言えなかった。同年12月に島田組が倒産、1年足らずで中断に追い込まれた。

小田県は内務卿大久保利通に「養蚕振興のために製糸場を官有にし、合わせて1万円を貸して欲しい」と陳情。だが大久保は「官有は無理」と断り、「県下有志に働きかけ再建策を考えよ」と突き放した（『笠岡市史』）。同8（1875）年12月15日小田県は岡山県と合併、再建策は岡山県に引き継がれた。

同9（1876）年9月笠岡村の森田佐平（のち岡山県議会議長、翻訳家森田思軒の父）ら11人は、再建のため新会社を設立。大蔵省から1万円を借りて政府の担保に入っていた製糸場の土地、建物、器械など一切を1500円で払い下げを受け、11月に工場を再開した。この時、工場責任者は富岡製糸場を視察、製糸機を同工場と同じフランス製に変更した。

だが採算は好転しなかった。『笠岡市史』によると、再開した同9年から12年までの4年間で黒字を計上したのは同9年、11年、赤字は10年、12年。交互に黒字、赤字を繰り返しているが、純益計505円に対し損失計は1269円と2倍以上。繭の原価は年により変動が激しいが、黒字の2年は特に繭の原価が安い上、輸出価格の上昇が原因とされる。

一方同工場の技術面の優秀さは次第に近隣に知れ渡り、製糸技術習得のために入社するものが増えてきた。特に愛媛県宇和島地方から研修に来た女性7人は、3カ月後には同地方で初めての器械製糸工場で指導者として活躍、製糸業発展に大きな影響を与えたという。

笠岡製糸場は依然厳しい経営が続いた。同13（1880）年4月には山陽製糸社に社名変更、生糸の品質向上と輸出の増大を試み、一定の成果を上げたとされる。この後も経営者がたびたび替わり、また合資会社、株式会社に組織変更して体力強化も図った。

大正11（1922）年には従業員240人の中備製糸（株）（本社井原、明治26年設立）と合併、同社笠岡工場になり48年の歴史を閉じた。中備製糸は操業開始時、50釜、従業員70人だったが順調に発展、昭和6（1931）年には390釜まで増強したが、大手企業の進出、昭和不況などに勝てず翌7（1932）年には解散した（『井原市史』）。

士族授産事業として創業した笠岡製糸場は、岡山県西部、北部の養蚕業の振興、製糸技術の普及に貢献した。明治12（1879）年時点の県下の10人以上の器械製糸場数は全国9位、同40年代には国内生糸生産高の1％を占めた（『岡山県大百科事典』）が、零細企業が多かった。大正年間には県北部に片倉工業、郡是製糸の大手企業2社が進出、地元資本の中小企業は窮地に追い込まれ、廃業が相次いだ。現在岡山県下には製糸工場も養蚕農家もない。

労働条件はどうだったか

明治から大正にかけての繊維産業というと、『女工哀史』や『あゝ野麦峠』に描かれた悲惨な労働環境を連想する。長時間労働、低賃金に加え、劣悪な作業環境などである。笠岡製糸場はどうだったのか？

『女工哀史』は大正14（1925）年刊。著者細井和喜蔵（1897〜1925）が大正期初め紡績工場に働いた体験から女子工員の悲惨な労働実態を告発した著作。繭から生糸を採りだす製糸業とは業態が異なるので単純比較は難しい。

『あゝ野麦峠』の著者山本茂実は、明治から大正にかけて長野県諏訪地方の製糸工場の工女だった380人を取材、昭和43（1968）年同書を出版、その悲惨な実態を世間に公表した。笠岡製糸場とは工場規模、時期が違うが、賃金、労働時間などは比較できる。

笠岡製糸場の労働時間は午前6時半から午後6時半まで12時間の長時間労働（月によって異なる）。休日は年40日、週1回ではなく正月、盆と笠岡の祭りに集中して休んだ（『笠岡市史』）。だが「地方としては高賃金で勤めていることは女性の誇りだった」という。工女に士族出身者が多かったのは富岡と共通する。

『あゝ野麦峠』の労働実態は悲惨だ。岐阜・飛騨地方農山村出身の若い女性が多く、午前5時から午後10

観光施設に展示されている野麦峠越え工女の人形＝松本市奈川

時まで15時間の長時間労働が多かった。ノルマを課される一方では、不良品を出すと給与から差し引かれた。工場内は蒸し暑く、病人になる比率も高かった。工場内の状況は、長野県諏訪地方も笠岡も同じだったと思えるが、笠岡の記録はない。

給料はどうか？　諏訪地方は14歳から7年間働いた工女の場合、1年目は10円（年間）だが、2年目25円、3年目45円と上昇した。ベテランとして〝100円工女〟になるのが夢で、100円あれば家1軒が建てられたという（『あゝ野麦峠』）。

『笠岡市史』は、笠岡製糸場の賃金の支払いは年9回（7、8、9、11、12、1、3、4、5月）とし、平均賃金（7月）は10円80銭余、「地方では一流」と述べる。9回払いとしても、多数が年間100円以上の工女だったことになる。「月10円80銭」の賃金は間違いと思える。

（2014年7月9日、16日、23日、30日）

群馬・富岡製糸場と岡山のかかわり

世界遺産登録で大ブレイク中の富岡製糸場（群馬県富岡市）を7月初め訪れた。平日だったが、工場正門前の道路は長い列、場内も団体客でごったかえし、係員が整理に声をからしていた。7月21日の正式決定以来、一段と来場者が増え、平日は5000人、土日曜は8000人を超す入場者という。「5月の入場者は11万人と前年の3・5倍、6月、7月はもっと多いはず」と悲鳴を上げていた。

製糸場オーナーの片倉工業（本社東京）は昭和62（1987）年3月工場閉鎖後も、年間約1億円の経費（うち固定資産税2000万円）を負担、貴重な産業遺産を守り続け、今年6月の世界遺産登録に結び付けた。その熱意は敬服に値する。

巨費が投じられた官営富岡製糸場

富岡製糸場は官営工場として明治5（1872）年10月4日操業開始した。5㌶余の広大な敷地に長大な木骨レンガ造りの繰糸場と繭倉庫2棟、ほかに工女寄宿舎、技術指導の外国人居館などがあり、仏から輸入した最新式繰糸器械を持つ近代製糸工場（300釜）としてデビューした。

『富岡製糸場事典』（上毛新聞社　2011年刊）によると、建設総経費（土地代を含む）は24万4900円余。時価600億円相当という。富岡より1年半遅れで操業開始した笠岡製糸場（12釜）は、政府からの借入金1万5000円を原資にスタートした。富岡は桁違いの資金投入だ。

世界遺産登録以降観光客が押しかける富岡製糸場＝群馬県富岡市

明治政府は幕末の開国後、欧米からの注文が急増した生糸に着目。輸出の主力商品に仕立てたが、農家の副業だったため、数量、品質の不揃いなどの問題点があった。品質向上と大量生産に加え、優秀な工女育成による製糸技術の普及が緊急課題となり、模範工場として富岡製糸場を建設した。周辺に桑畑が多い、製糸に必要な清流に隣接する、動力源石炭の鉱山が近くにある――なども立地の大きな理由だったという。

工女の労働条件も恵まれていた。1日8時間労働、日曜休みのほか、年末年始と夏休みがそれぞれ10日、寄宿舎制で部屋代無料、食費、医療費も会社負担と破格の好条件（『富岡製糸場事典』）。12時間労働で休日の少ない笠岡製糸場とは大違いだ。工女は関東を中心に応募した旧士族の女性が多く、数年後には故郷の製糸工場で指導者として活躍した。

工場内に展示されている写真。繰り糸のようすがよく分かる

当然のことながら初年度から大赤字の連続。たまりかねた政府は明治26（1893）年10月三井家に払い下げ。三井は同35（1902）年9月に生糸販売の原合名会社に譲渡した。昭和14（1939）年9月には片倉製糸紡績（現片倉工業）に転売、以後片倉の主力製糸場として同62（1987）年3月まで48年間操業した。

片倉工業は現在、製糸業からは完全撤退しており、平成25（2013）年総売上高約479億円のうち繊維部門は22％に過ぎず、医薬品事業や機械、不動産開発に活路を見出している。

貴重な産業遺産の繰糸場や繭倉庫

東西約200㍍、南北約300㍍の敷地に、メインの繰糸場を挟んで繭倉庫が東西に並び、コの字を形作る。繰糸場は長さ140㍍、幅12㍍と工場最大の建物。部材を三角形に組み合わせたトラス構造で屋根を支える。電燈のない当時だけに採光に配慮、窓が異常に大きい。この窓ガラスも窓枠もフランスからの輸入品だ。繭倉庫は2階建て、長さ104㍍、幅12㍍、いずれも木骨レンガ造り。

現在内部を見学できるのは正門前の東繭倉庫1階と繰糸場だけ。東繭倉庫の柱や梁は木材、国産初の赤レンガを積み重ねて壁としたユニークな建物だ。入り口上部の「明治五年」銘入りの要石《かなめいし》がその歴史を語る。創業初年に応募した工女で、のち『富岡日記』を書いた和田英《えい》は、ここで壮大な建物を見て感涙にむせんだ。

工場内の繰糸機は閉鎖時のまま保存されている

繰糸場の通路両側にずらりと並ぶ繰糸機は壮観だが、むろん創業当時のものではない。昭和40年代に導入された最新鋭の自動繰糸機だ。ほぼ10年間、生産性向上と省力化に大いに貢献したという。

笠岡製糸場は創業1年で倒産、翌々年地元有力者が再建に乗り出したとき、ここに責任者を派遣、繰糸機を富岡と同じ仏製に入れ替えた。片隅に復元展示している繰糸機があった。釜中で煮沸された十数個の繭から糸を引き出し1本にまとめる仕組み。実演は水曜のみだが、当時のパネル写真も脇にありよく理解できる。

フランス人指導技師と家族が住んだブリュナ館（建坪約250坪）は豪壮なコロニアル様式、地下にワイン倉庫があり、太平洋戦争末期、空襲警報発令時に多数の工女がここに避難した。フランス人技師の検査人館、同女性教師のための女工館などとともに内部非公開。指導技師ブリュナの給与は当時の太政大臣（首相）とほぼ同額という。検査人館はのち事務所として使われ、応接室は超豪華という。

指導技師とその家族が住んだブリュナ館。地下にはワイン倉庫があった

児島・下村紡績所と岡山・備作製糸

片倉工業は昭和62（1987）年3月、富岡製糸場を閉鎖した。日本はバブル経済に突入、国中に高揚感がみなぎっていた時だ。当時の社長は「力は山を抜き、氣は世をおおう気概をもってしても、時に利あらずということがある。残念ながら富岡の生糸生産を中止する」と悔し涙で100人の従業員に閉鎖理由を語った。生糸需要の縮小、化学繊維の普及という時代の大きな流れに抗しきれなかった。

富岡製糸場は明治5（1872）年官営工場として創業以来、今年で142年。このうち片倉工業が直接経営したのは昭和14（1939）年4月から同62（1987）年3月までの48年間。富岡市にすべての工場建造物を無償譲渡する平成17（2005）年9月までの18年間を合わせても保有期間は60年（土地は翌年同市に売却）。長い歴史の半分にも足りないが、片倉工業は工場閉鎖後も職員3人を常駐させ、〝愛情〟をもって維持管理に努め、世界遺産登録にバトンタッチした。

対照的なのは倉敷市児島下の町、旧下村紡績所（廃業時の社名は琴浦紡績所）の最後だ。富岡製糸場閉鎖1年前の昭和61（1986）年、100年以上の長い歴史を閉じた。同紡績所は明治14（1881）年に地元有力者が政府から2000錘紡機1基の払い下げを受け、操業開始した。経営者は転々と替わったが、紡機払い下げを受けた全国10紡績所中、当時唯一残存するレンガ造りの工場、貴重な産業遺産だった。

工場閉鎖後、地元では児島商工会議所、同青年会議所、郷土史家角田直一氏が保存運動を始め、昭和63（1988）年10月約1万8000人の保存陳情書を倉敷市に提出した。平成元（1989）年3月産業考古学会も倉敷市に「ぜひとも保存を」と要望書を出したが、議会が否決。所有者も取り壊したため貴重な産業遺産の消滅と惜しまれた。

児島の旧下村紡績所は平成元年に取りこわされた
（『せとうち産業風土記』から転載）

片倉工業は岡山とも縁がある。大正15（1926）年岡山の有力者と提携、備作製糸（資本金50万円）を設立。岡山市上伊福（当時）に岡山工場（464釜）を新設した。また落合郡木山村（当時）の大月製糸工場を買収、作州工場（182釜）とした（『落合町史　平成16年刊』）。ライバルの郡是製糸の県北進出への対抗措置だった。

社長は本社取締役の片倉方平（片倉工業初代社長佐一の二男）、昭和11（1936）年4月から2年間務め、監査役には当時の天満屋社長伊原木藻平の名が見える。2年後本社に吸収合併され岡山工場となり、同16（1941）年2月閉鎖した。跡地は陸軍被服本廠、戦後は一時岡山県庁が使用した。現在は岡山県立工業高校がある。作州工場跡地は落合町が購入した（『岡山県史10巻　近代Ⅰ』）。

（2014年9月17日、24日、10月1日）

正宗白鳥と内村鑑三のキリスト教信仰の接点と軽井沢

群馬・富岡製糸場見学の後、軽井沢に足を運んだ。信越自動車道を西に約30キロ、軽井沢インタを降りて30分、１時間足らずでリゾート客でにぎわう長野・軽井沢町に着いた。備前市出身、自然主義作家正宗白鳥（１８７９〜１９６２）はこの地とは縁が深く、大正期には避暑で、太平洋戦争中から戦後にかけてもここで暮らした。文学碑もある。

また正宗が若いころ心酔した無教会主義のクリスチャン内村鑑三（１８６１〜１９３０）を顕彰する「石の教会・内村鑑三記念堂」がここにある。正宗は内村の処女作『基督信徒の慰め』を表紙が擦り切れるほど読んだと伝わる。日本のキリスト教信仰に異色の軌跡を残した２人の接点をたどる。

内村ゆかりの「石の教会」

軽井沢町中心部の西、しなの鉄道中軽井沢駅から国道146号をまっすぐ北に2キロ余り、「石の教会・内村鑑三記念堂」はあった。石とガラスを組み合わせた横長のドーム型、息をのむような奇観の建築が森の中に横たわっていた。緑濃い樹木の中、正面入り口までの通路両側には低い石塀が連なり来客をいざなう。

「石の教会・内村鑑三記念堂」は森の中に静かに横たわる＝長野県軽井沢町星野

オーガニック建築を提唱する米人ケンドリック・ケロッグ（1934〜）の設計。「建築は自然の一部になることで、そこにある空気も水もすべてをそっと包み込み、息づく存在でなければならない」という思想だ。昭和63（1988）年内村を顕彰するために建てられた。地上に礼拝堂があり、地下は内村ゆかりの品々が並ぶ記念堂だ。

内村は「教会は祈りの場であって建物ではない」と主張。心から祈ることが出来るすべての場所が真の意味の教会であるとする。当然この教会には十字架もキリスト像もないが、石がかもしだす雰囲気は神秘的、若いカップルには結婚式場として大人気と聞いた。

訪れた時も結婚式の最中、礼拝堂内部は見学できなかった。記念堂には内村の資料が並び、壁面には漢字、英文の内村直筆の書が目立つ。「愛国禁酒」「Dentistry is a Work of Love」（歯科学は愛情の仕事である）など内村独特の哲学に基づく額装が目を引いた。

近くにある軽井沢高原教会も内村ゆかりの建物だ。晩年の大正10（1921）年、内村は星野遊学堂（星野は地名）と呼ばれたこの建物で「芸術自由教育講習会」の

内村の書やゆかりの品々が並ぶ教会の展示室

講話を始めた。北原白秋、島崎藤村らと「遊ぶことも善なり、また学なり」として「真に豊かな心とは」を語り合ったという。

正宗が愛した軽井沢

備前市穂波出身の自然主義作家正宗白鳥も軽井沢をこよなく愛し、別荘もあった。大正9（1920）年から避暑生活を始め、昭和15（1940）年には駅から北西約1キロ、現離山通り六本辻に約10坪のトタン板葺き別荘を建てた。太平洋戦争中から戦後十数年ここで過ごした。

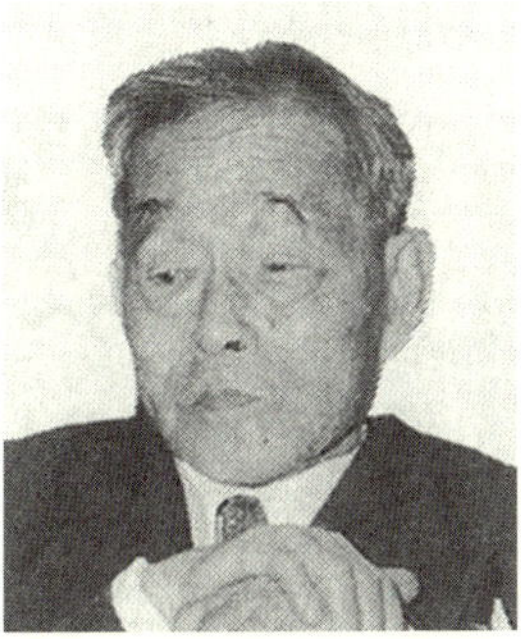

正宗白鳥
（山陽新聞社提供）

何事も皮肉っぽく見る正宗だが、軽井沢生活を「広々としていて空気が清浄であるというだけで日々の存在が快く、豊かになる」と当初は手放しの褒めようだ。戦況の悪化とともに同19（1944）年8月からはここに疎開生活を余儀なくされた。「わずかの空き地にジャガイモをつくりヤギも飼育した。山へ行って焚き木を集め、かつてやったことのない労働をした」(「軽井沢と私」)。隣組の義務として防空壕掘りにも参加、「終戦前後の生活苦は人並みに体験した」と振り返る。

初老の身には冬の寒さはこたえたようだ。同24(1949)年に発表した「人間嫌ひ」には「外へ出ると身を切られるような寒さ、家族3人が炬燵の炭火で辛うじて寒さを防ぐ生活を過ごした」と戦後のみじめな生活を回想。「お伽噺《とぎばなし》の世界のようだった」とたとえるあたりに正宗らしさがにじむ。

同32(1957)年帰京後も毎年夏には避暑に来た。ニッカズボンに中折れ帽の独特のスタイルで散歩。軽井沢駅の売店であんパンを買い、裏通りに入ると歩きながら食べて別荘に帰ったという(『軽井沢町誌』)。同37(1962)年8月すい臓がんで入院、10月28日死去した。84歳。

同40(1965)年7月31日、作家丹羽文雄の発案に文壇関係者らが賛同、正宗の文学碑が建立された。軽井沢駅から北へ約3キロ、軽井沢で最初に別荘をつくった牧師ショーの記念礼拝堂からさらに奥まった山の中腹にある。万成石の白い台座、ずんぐりとした十字型のスウェーデン産黒御影石の碑に、正宗が愛したギリシャの詩が刻まれ、碑の下に愛用の万年筆が収められている。設計は著名な建築家谷口吉郎。

碑文の詩は「花さうび　花のいのちは　いく年ぞ
時過ぎて　たづぬれば　花はなく
あるはただ　いばらのみ」

正宗が熟読した内村の『基督信徒の慰め』

正宗白鳥は明治、大正、昭和にわたって自然主義作家として活躍。『何処へ』（明治41年刊）『入江のほとり』（大正4年刊）などのほか、晩年には戯曲、評論も手が

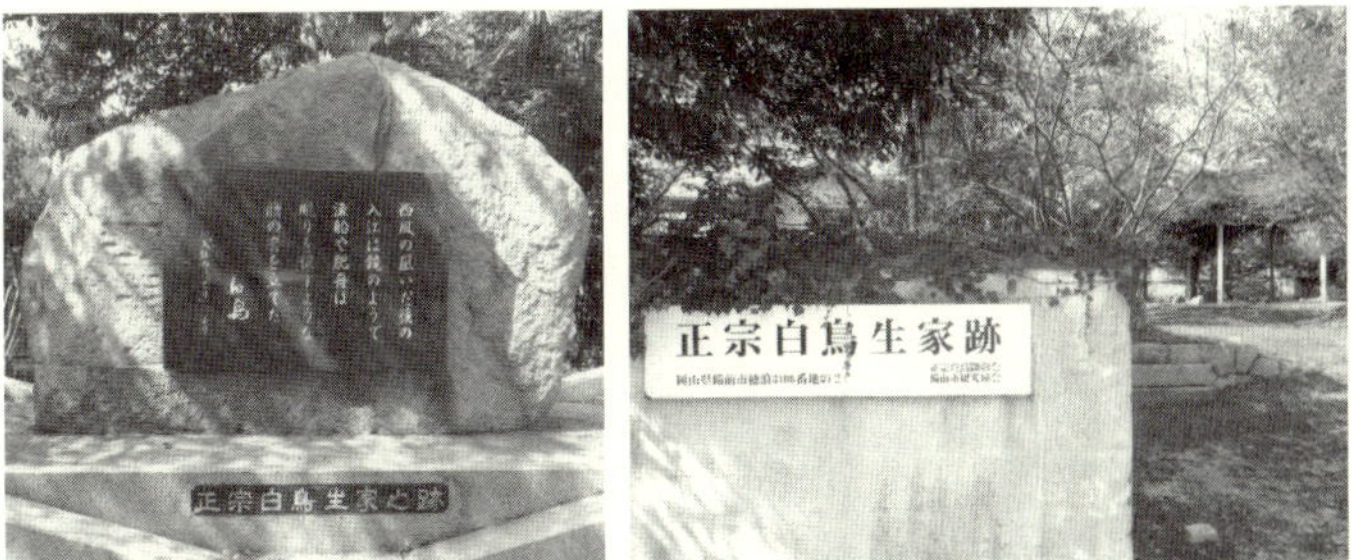

正宗白鳥の生家跡（右）とその一角にある「入江のほとり」の文学碑（左）＝備前市穂波

け、優れた多くの作品を発表した。昭和25（1950）年文化勲章受章。備前市穂波の漁協近く、生家跡に記念碑がある。同55（1980）年8月に建立、『入江のほとり』の一節が刻まれている。

正宗は若き日に内村に傾倒、その著作『基督信徒の慰め』を熟読したという。同書が出版されたのは明治26（1893）年2月。正宗はこのころ、閑谷黌になじめず退学したが、在学中から雑誌「国民の友」（徳富蘇峰主宰）に載った内村の文章を読み、キリスト教に関心を持つようになった。安倍磯雄ゆかりの薇陽学院（岡山市）では宣教師ペティーやアダムスらから英語を学び、また石井十次から聖書の講義も受け、内村への関心を一層強めたという。

正宗は「内村の所感などをむさぼるように読み、行き着いたのが『基督信徒の慰め』」と自著『内村鑑三』で回顧する。同書は昭和24（1949）年70歳の作『内村鑑三雑感』とともに「老熟した筆の自在さと精神の活力は嘆ずるほかはない」（『内村鑑三』のあとがき、高橋英夫）と絶賛される力作。

『基督信徒の慰め』の内容は「愛する者の失せし時」「国人に捨てられし時」「基督教会に捨てられし時」などの6章からなる。内村は「これは自伝ではなく基督信徒を代表してその原理を公表して自らを慰めるものである」と公言、日本人によって初めて書かれたキリスト教に関する書物と胸を張った。内村の無教会思想も同書で初めて明らかにされた。

内村は同書出版2年前の明治24（1891）年、勤務先の第一高等中学校（旧制第一高等学校の前身）式典で、明治天皇親書の教育勅語に最敬礼をせず、国賊と非難され職を失った。再婚の妻もその重圧の中で夭折、まさに人生のどん底にあった。内村は四面楚歌の中で、キリスト教信者として所信を敢然と公表した。正宗は内村のこの不屈の姿勢にも惹かれたのか。

正宗は同29（1896）年2月、東京専門学校（現早稲田大）英語専修科に入学したころは、キリスト教を学ぶという意識を明確に持っていた。市ヶ谷の日本キリスト教講義所に通い、夏期学校で内村の講話を連続して聴講、翌年（１８９７）には牧師植村正久から洗礼を受けた。19歳の時である。

だが同34（１９０１）年読売新聞に入社、文芸、美術、演劇などの担当になったころからは、次第にキリスト教に距離を置くようになる。内村の思想に潜む武士道など東洋的な道徳観と相いれないものを感じたという。その後は〝棄教〟状態だったが、臨終に際してかつて洗礼を受けた植村牧師の娘・環に、キリスト信仰を告白したことが明らかにされた。

没後その真意を巡って識者の間で様々な議論が取りざたされた。「晩年には信仰心を取り戻していたが誰にも言わなかった」「脳軟化症に近い状態だったのではないか」「終始クリスチャンだが棄教者を装ったに過ぎない」などあるが、真相は不明だ。正宗は「人生とは何ぞや、という謎を解かんとひそかに心掛けてきた」と日本経済新聞連載の「私の履歴書」（昭和32年5月）でも語っている。死の不安を前にして、信仰心を取り戻したのか。

内村の二つのJと米・アマースト大

内村は生涯良心に忠実で、節を曲げなかった孤高のキリスト者であり、思想家、社会評論家でもあった。無教会主義を提唱、二つのJ、Jesus と Japan が両立するキリスト教を目指した。武士道にキリスト教的なものを見出し、「イエスとその弟子は武士の模範である」とさえ主張した。

内村は文久元（1861）年3月、上州高崎藩江戸藩邸で生まれた。幼少期から父に儒学を学び、のち東京外国語学校を経て札幌農学校在学中、新渡戸稲造と交流を深めた。卒業後、北海道開拓使、農商務省に勤務したが、家庭内のトラブルを逃れるように明治17（1884）年11月渡米。同郷の先輩新島襄（1843〜1890）の推薦によりマサチュセッツ州アマースト大学で神学を学んだ。新島の母校だ。

同大でも当初悶々の日々を送ったが、J・H・シーリー同大総長から「十字架のキリストにこそ真理がある。ただ神を信じよ」と諭され、日本的なキリスト教に目覚め、二つのJにたどり着いたといわれる。「武士道に接ぎ木されたキリスト教」と内村はいう。

東京・多摩の内村の墓碑に刻まれた有名な言葉"I for Japan; Japan for The World; The World for Christ; And All for God.（私は日本のために、日本は世界のために、世界はキリストのために、そしてすべては神のために）はこの時、辞書の見返しに「わが墓に刻まれるべきこと」と英文で書き、生涯の誓いとした。1886年3月、25歳の時である。内村はこの時、神の聖霊に出会う〝回心〟を体得したとされる。

2年前の秋、アマースト大を訪れたことがある。同大

米マサチュセッツ州アマースト大図書館棟（右）には内村の肖像画が掲げられている（左）

では日本人初の卒業生、のち同志社大を創立した新島襄の肖像画は、学内のチャペル大聖堂の正面に同大卒業生のクーリッジ米30代大統領とともに掲げられ、大学ぐるみの尊崇を感じたが、内村の肖像画は図書館内のロビー、学生の目につきやすい場所に掲げてあった。名前だけで説明文はなく、学生に聞いても「ウチムラ？ Who?」(内村って誰?)は意外だった。新島ほどの知名度はないようだ。

内村は同大卒業後28歳の時帰国した。不敬事件で袋叩きにされたが、『基督信徒の慰め』を刊行してその信念を世間に披露、以後伝道活動に従事、多くの著作も発表した。キリスト教信者として足尾鉱山鉱毒問題にも積極的にかかわり、萬朝報記者時代には日露非戦論を展開、退社に追い込まれた。韓国併合にも反対の立場だった。昭和5(1930)年3月死去。幾多の迫害にも信念を曲げることなく、家族の不幸も乗り越え、ひたすら神を信じた69年の生涯だった。

東京大15代総長、政治学者の南原繁、同16代総長、経済学者の矢内原忠雄はいずれも内村の弟子で熱心なクリスチャン。プロ野球第3代コミッショナーを務めた内村祐之東大医学部教授は長男、妻美代子は内村の英文書『余は如何にしてキリスト信徒となりしか』の翻訳者である。

（２０１４年10月8日、15日、22日、29日）

新居浜・別子銅山と備中吉岡銅山の奇縁

晩秋の一日、新居浜・別子銅山跡を訪れた。江戸時代初期、大坂の豪商住友家はこの銅山開発を手掛け、283年間、3000万トンもの銅鉱石を掘り続け、65万トンの銅を産出した。銅は住友家の巨大財源となり、明治期には住友財閥が誕生した。

新居浜市は人口12万5000人、現在住友グループ有力企業が集積、瀬戸内臨界工業地帯屈指の都市。銅山は40年前の昭和48（1973）年3月末に閉鎖したが、跡地は今、〝天空の産業遺産〟「マイントピア別子」としてにぎわう。この銅山は備中吉岡銅山（現高梁市成羽町吹屋）で働いた坑内労働者の機転がきっかけで開発されたという奇縁もある。

天空の銅山遺跡の偉観

銅山廃墟を生かしたテーマパーク「マイントピア別子」には「東平《とうなる》ゾーン（新居浜市東平）」と「端出場《はでば》ゾーン（同市立川町）」がある。いずれも新居浜市が緑の中でレジャーを楽しみ、別子銅山の歴史を学ぶ仕組みとして再開発した観光施設。〝天空の産業遺産〟として人気を呼んでいるのは東平ゾーンで、平成６（１９４４）年６月オープンした（端出場は平成３年）。

東平ゾーンは、江戸時代初期以降掘削が続けられた別子山の採鉱本部が大正５（１９１６）年、同所移転に伴い開発された。標高７５０㍍の山中に鉱山労働者、家族ら３８００人が居住し、社宅、小学校、

〝東洋のマチュピチュ〟と人気の住友・別子銅山廃墟＝新居浜市東平

プール、病院、日用品配給所や芝居小屋もある鉱山の町が出現した。昭和5(1930)年まで15年間にぎわったが、本部の端出場再移転後、木造建物は取り壊されて跡地は植林され、緑の森林に戻った。

だが山の高低差を利用して作られた巨大な石造りの鉱石貯鉱庫は残した。壁面が3段に分かれて屹立し、鉱石運搬索道(リフト)の基地跡、インクラインもあり、これらが現在、天空の産業遺産として観光客でにぎわう。当時採掘された鉱石は坑内電車でここに運ばれ、選り分けられて下に落とし貯鉱庫に保管。順次リフトで麓の端出場までバケット(大きな籠)で空中運搬された。帰り便には日用雑貨、郵便などを満載して再びこの基地に戻った。

駐車場になっている本部跡からインクライン斜面を

上から見た別子銅山東平ゾーン

整備した220段の階段を降りると、眼前には貯鉱庫の巨大な3段の石壁が立ちはだかる。最下段の石壁は、幅200㍍、高は40㍍ぐらいか。背後には頑丈そうなレンガ造りの索道支柱と赤黒い石壁。思わず息をのむような光景が眼前に迫る。圧巻だ。この景観に魅せられて年間約6万人が訪れる。

ガイドは「ペルー山中のマチュピチュ遺跡に似ているので『東洋のマチュピチュ』といわれる」と強調するが、ひいき目に見ても大げさだ。兵庫県朝来市の天空の山城・竹田城は「日本のマチュピチュ」と地元が呼称するのを思いだし苦笑。麓の端出場ゾーンから車で30分だが道は狭く、いたるところにすれ違い場所の表示がある。団体客はマイクロバスで端出場からピストン輸送だ。12月から2月末までは道路の凍結、積雪のため閉鎖される。

東平から車で30分下った端出場ゾーンは標高150㍍、ここは旧別子、東平に次ぐ3番目の採鉱本部跡。昭和5（1930）年から同48（1973）年の閉山までの43年間、周辺一帯で採鉱が進められ、坑道は海面下約1000㍍まで掘り下げられた。283年間に掘削した坑道は延べ700キロというから驚きだ。

ここは市中心部から車で20分余り。交通至便の地にあり、6万平方メートルの敷地に家族連れ対象のレジャー施設が売り物。鉱山鉄道は時速10キロ、往復20分で登録有形文化財のトンネルや鉄橋を走る。家族連れの観光客は歓声を上げていた。火薬庫跡を再利用した観光坑道（333メートル）は、往時の坑内労働が人形で再現され興味深い。年間23万人が訪れる。

別子銅山開発の功労者「切り上がり長兵衛」

住友家が別子銅山開発に着手したのは、江戸時代5代将軍綱吉の時だ。備中吉岡銅山で働いた「切り上がり長兵衛」という坑内労働者の機転が開発につながった、という伝承がある。平成8（1996）年11月刊行の『成羽町史　通史編』にも記述されている。

かつての坑道も今は立派な観光施設＝端出場ゾーン

『成羽町史』やその他の資料によると、長兵衛は阿波の生まれ、各地の銅山を渡り歩く坑内労働者だった。坑道を上向きに掘り進むのを得意としたため、このあだ名がついたという。元禄3（1690）年、四国山地の東端、別子山（現新居浜市）北面の立川《たつかわ》銅山で働いている時、たまたま山頂南面に露出した銅鉱脈を発見した。

「新鉱脈！　しかもきわめて良質鉱だ！」。驚いた長兵衛は、かつて働いた備中吉岡銅山（現高梁市成羽町）支配人、住友家の田向重右衛門に通報、サンプルを持ち込んだ。旧職場の吉岡銅山に好意を持っていたといわれる。端出場ゾーンの観光坑道（全長333㍍）内に、江戸時代の採鉱のようすを人形で再現しているが、いの一番に銅鉱石を発見して狂喜する長兵衛の人形を展示している。

観光坑道入り口には優良な銅鉱石を見つけて喜ぶ長兵衛の人形が立っている＝端出場ゾーン

重右衛門らは技術者を連れて高梁川を下り、備後鞆の浦から四国に渡り現地調査、巨大な優良鉱脈を確認した。住友家は幕府から採掘許可を取り、総力をあげて開発に乗り出した（吹屋銅山はのち地元に譲渡）。別子は足尾（栃木）、日立（茨城）と並ぶ日本3大銅山の一つに数えられるほどの発展を見せた。

別子銅山開発は大きなトラブルも引き起こした。住友家が掘り進めたのは別子山の南側、北側では西條藩直轄の立川銅山が60年以上前の宝永年間から採掘していた。元禄8（1695）年ついに双方の坑道が山中で〝掘り抜け〟になり、紛争になった。

裁判に持ち込まれ同10（1697）年2月立川側の敗訴が確定、訴えた村庄屋の真鍋八郎右衛門ら3人が江戸牢送りになった。1人は獄中で死亡したが、八郎右衛門ら2人はその後釈放され故郷に帰ったという。全国まなべ会財政部長兼広報部長、郷土史家の真鍋国六さん＝香川県多度津町在住＝は「真鍋家ゆかりのものとしては残念な結果だが、住友家の背後には幕府がいた。勝敗は初めから明らかだったのでは」と推測している。立川銅山は宝暦12（1762）年別子銅山に合併された。

別子銅山発祥の地・旧別子

元禄4（1691）年住友家が最初に掘削した山頂南側の旧別子地区は、標高1000㍍にある住友グループ発祥の地。大正5（1916）年までの225年間、最初の採鉱本部が置かれた。掘削当初の坑口は「歓喜坑」と名付けられて保存されており、当時の感激ぶりが偲ばれる。

銅山最初の坑口は「歓喜坑」と名付けられ、現存する

当時の採掘は金槌とのみの手作業。鉱石は焼いて硫黄分を消し、さらに炭火で不純物を徐々に除いて粗銅（銅含有量80％）を作った。粗銅は仲持ちという男女の運搬人が狭く険しい山道を背負って麓まで下った。男45キロ。女30キロといわれるから重労働だ。住友直営の大坂の製錬所へは船便で送った。

維新後の明治7（1874）年フランス人技師が作成した開発プランに従い、同地に斜坑を掘り、ダイナマイト、削岩機などを導入、鉱石運搬の牛車道（のち蒸気機関の鉱山鉄道）も新設して近代化を進めた。鉱山労働者とその家族ら約1万人がこの山奥に居住。明治時代には鉱山事務所、小学校、病院、芝居小屋などもある一大鉱山町が出現した。

同13（1880）年春には洋式製錬法で粗銅をつくり、麓の製錬所に送り型銅に仕上げたが、煙害により山林は荒廃、同27（1894）年から植林が始められた。当時の多くの遺跡は現在、緑の樹林の中に散在する。東平から登山道を約2時間歩かねばならないので、訪れる観光客は少ないという。

煙害問題は別子銅山に当初からつきまとった。特に同21（1888）年、製錬所が市街地近くで本格操業を始めると亜硫酸ガスによる煙害は大問題になり、対応に苦慮した。同38（1905）年には新居浜の沖20キロの四阪島に製錬所を移転したが煙害は拡散、全面解決は昭和14（1939）年、完全脱硫する中和工場が稼働するまで手間取った。

（2015年1月7日、14日、21日）

Ⅲ　岡山のうちそとを歩く

大河ドラマ「軍師官兵衛」の
上月城の戦いと尼子家武将山中鹿介の悲劇

備中国落合村阿部（現高梁市落合町阿部）の高梁川河原は、古来「阿井の渡し」として知られる。今から436年前の天正6（1578）年7月、この地で出雲尼子勝久の武将山中鹿介《しかのすけ》（1545〜1578）は、敵の毛利方の侍に襲われ悲惨な最期を遂げた。33歳だった。

播磨上月城《こうづき》（兵庫県佐用郡佐用町上月）の戦いで捕らわれの身となり、備後鞆（備中松山、安芸説もある）に護送される途中だった。鹿介は今年の大河ドラマ主人公の黒田官兵衛とは播磨上月城攻防、尼子家再興をめぐって深くかかわりあったとされる。

上月城攻めで出会った官兵衛と鹿介

大河ドラマ「軍師官兵衛」で山中鹿介は騎馬武者姿でさっそうと登場した。4月6日放送「引き裂かれる姉妹」の上月城の戦いだ。天正5（1577）年から6（1578）年にかけて同城を巡って、織田と毛利は2度戦うが、同5年11月の第1次攻防戦の時だ。

大河ドラマでは上月城主は上月十郎景貞、官兵衛の妻光《てる》の姉を娶っており義兄にあたる。羽柴秀吉配下の官兵衛は「敵城主と姻戚関係であるため臆したと思われてはならぬ」としゃにむに敵陣に突進し、わなにはまり窮地に陥った。この時尼子の武将山中鹿介が救出に駆け付けるというストーリーだ。槍を振り回して敵をなぎ倒す鹿介は、さっそうとした若武者ぶりだった。

上月城があった荒神山の遠望＝兵庫県佐用郡佐用町上月

この上月城跡に登った。山陽自動車道を備前インタで降り、国道2号から兵庫県上郡町で国道３７３号を千種川沿いに約30分北上すると、小高い荒神山（標高１４０㍍）が目に飛び込む。この山頂に上月城があった。登山道は整備されているが、つづら折りの急坂。途中、敵の登攀を防ぐ堀切をいくつか越え、喘ぎながら20分で本丸跡にたどり着いた。

上月城跡への登山道は整備されていたがけわしかった

さして広くない頂上には建造物はなく、だだっ広い広場。片隅には上月十郎でなく、城主赤松政範と家臣らの供養碑が3基並んでいた。２５０回忌の幕末に建てられたという。政範は父が山名氏から奪った上月城を守っていたが、天正5（１５７７）年11月に羽柴秀吉の大軍に攻められ自刃したとも、家臣に殺されたとも伝わる。あれっ？　官兵衛の義兄上月十郎景貞はどうなったのか。狐につままれたような感じだった。

『信長公記』によると、赤松政範と秀吉方との戦いの結末は悲惨だ。政範は籠城中に家老らに殺され、その首を持参して家老らは降伏を申し出たが、秀吉は許さず全員を斬首。200人余の女性、子供もすべて処刑したと書かれている。

上月歴史資料館などでさらに取材すると、秀吉、官兵衛らの第一次上月城攻めで赤松政範が守る城は攻略され、尼子勝久、山中鹿助らは上月城に入った。だがまもなく毛利方に属していた備前宇喜多の大軍が押し寄せたため、勝久らは一時撤退。宇喜多は城の守りを上月十郎に託したが、再び秀吉、官兵衛らの織田方に攻略された、というのが真相のようだ。

上月城ふもと、登山道近くには尼子勝久と山中鹿介の大きな供養碑がある。勝久の4

城跡には城主赤松政範と家臣の供養碑3基があるだけ

00年遠忌の昭和47（1972）年に子孫が建立した。上月城攻防で命を落とした人々への地元の哀悼の念は強いようだ。

尼子家再興に生涯尽くした鹿介

鹿介は天文14（1545）年8月15日、出雲国富田庄（現島根県安来市広瀬町）の生まれとされる（異説もある）。遠縁の月山富田城主の尼子家に仕えたころは、山陰地方の雄尼子家は落ち目。永禄9（1566）年11月には出雲に進出した毛利元就に城主尼子義久は降伏、尼子家は絶えた。鹿介21歳の時である。

鹿介は富田城落城後各地を流浪中に、京都・東福寺に尼子家ゆかりの僧がいることを知った。同11（1658）年夏、主君尼子勝久として担ぎ出し、四散して

登山道入り口には尼子勝久と鹿介の顕彰碑がある

いた旧家臣に参集を呼びかけた。同12（1569）年6月、京都から出雲に帰り富田城を攻めたが攻めきれず、島根半島の新山城に約3000人が布陣した。

驚いた毛利軍は九州攻めを中止して出雲に転じた。その数約1万4000人。元亀2（1571）年8月尼子方は敗退し鹿介は一時捕らわれたが脱走、京都に逃げた。勝久も別ルートで京へ。翌年2人は織田信長に面会、秀吉の配下になる。

戦国時代「侍は渡り者」とされ、有望な主君を探して転々とするのが当たり前だった。だが鹿介は生涯を通じて尼子家再興に奔走、そのためには「我に七難八苦を与えたまえ」と三日月に祈った〝忠臣〟として知られる。戦前の教科書『小学国語読本』にも「三日月の影」として登場する。

信長に捨てられた尼子勝久

秀吉に再度上月城の守りを委託された尼子勝久、山中鹿介らはわずか700人（10

00人以上の説もある）の手勢といわれる。毛利方が交通の要衝の同城を翌6年6月には3万人の大軍で取り囲んだ。城周辺の山数カ所に砦を構築、持久戦の構えをとった。第二次上月城攻防戦である。

応援に駆け付けた秀吉軍は1万人。兵力ではるかに劣るため手が出せなかったのか、秀吉は上月城よりはるか東方の高倉山に陣取った。信長は大坂本願寺と7年も戦い続けており、さらに同盟関係にあった三木城（現兵庫県三木市上の丸町）城主別所長治が謀反した。上月城に援軍増派の余裕はなく、秀吉に「見捨ててこちらに来い」と命令。秀吉、官兵衛ともに後ろ髪を引かれる思いで上月を去った。

4月7日放送の「見捨てられた城」では、この時秀吉が信長に、また官兵衛が秀吉に懇願する様子がよく描かれていた。だが官兵衛が毛利軍の十重二十重の囲みを突破して上月城に潜り込み、鹿介らに援軍が来ないことを告げた後、再び自陣に帰ることはおよそ不可能だ。NHKに問いただしても「ドラマですから」のお定まり文句で答えるだろう。

孤立無援となった尼子方は同年7月5日城主勝久が切腹、鹿介ら家臣は降伏した。鹿介には「生きておれば小早川隆景ら毛利軍首脳にめぐり合うチャンスもある。その時は差し違える」との思いがあったといわれる。

毛利方は鹿介の魂胆を見抜いており、鞆に護送途中の備中・阿井の渡しで鹿介に襲いかかり殺害した。天正6（1578）年7月17日、享年33。このことは多くの歴史書に語られているが、大河ドラマでは鹿介が山中で殺されるのには驚いた。何しろ阿井の渡しには鹿介の墓があり、詣でる人も多いからだ。

高梁川阿井の渡し近くの鹿介の墓は詣でる人が多い＝高梁市落合町阿部

中国山地から流れ下る高梁川は、この渡しあたりでは川幅は広く流れもゆるやか、のどかな田園風景が広がる。国道180号から落合橋を渡った高梁川右岸の堤防上、「山中鹿介の墓」（高梁市指定史跡）がここで繰り広げられた惨劇をしのばせる。

鹿介の護送先は輝元が本陣を置いていた備中松山城説、信長に追放された足利義昭が滞在中の備後鞆説、毛利方の本拠地安芸吉田説などがある。鹿介は高梁川を渡った右岸の河原で岩に腰掛けて、次の舟で渡ってくる家族や家臣を待っているところを背後から襲われたとされるから、護送先は備後鞆と思われる。『高梁市史』も鞆説だ。

近くの住民は鹿介最期の河原に榎を植えて目印としていたが、洪水で流失。正徳3（1713）年に備中松山藩の家臣が鹿介の忠節を讃えて供養墓を建立した。当初は墓碑だけだったが、近年塀もつくられて立派な墓地になっている。鹿介悲運の生涯は今でも同情を呼ぶのか、墓前には花がいっぱい供えられていた。

首は鞆にいた足利義昭に検分のため届けられた。同地の静観寺には首塚がある。胴体は阿井の渡し近くの観泉寺（現高梁市落合町阿部）住職の手で葬られたといわれ、同寺には胴塚と位牌がある。

（2014年4月16日、23日、30日）

「軍師官兵衛」と天空の城・竹田城

「雲海に浮かぶ天空の城」「日本のマチュピチュ」と大ブレイク中の竹田城（兵庫県朝来市和田山町竹田）に登った。訪れたのは桜満開のシーズン、秋の自然現象の雲海は望むべくもないのは承知の上。城跡で高倉健主演の映画「あなたへ」のあの名場面を回想し、また戦国時代に繰り返された織田対毛利の竹田城争奪戦に思いを馳せたかった。ここは「軍師官兵衛」のロケ地でもある。

高倉健主演「あなたへ」で脚光を浴びる

山陽自動車道姫路東インタ経由で播但連絡道を北に走り和田山インタで降りた。国史跡竹田城跡の古城山（標高353㍍）は目前、石垣の一部がかすかに望める。岡山から車で1時間40分、意外に近かった。

竹田城は但馬の南端にあり、但馬、播磨、丹波への交通上の要衝に位置する。15世紀に播磨守護赤松氏と但馬守護山名氏の抗争が激化、応仁の乱の一方の旗頭・山名宗全は永享3（1431）年、古城山上に但馬防御の拠点として竹田城を構築したといわれる。以後、戦国時代まで地元豪族太田垣氏が7代にわたって城主を務めた。

竹田城跡を目ざして登山道を進む観光客。上は城壁の一部

城跡は今も石垣が累々と連なり、わが国屈指の山城遺構として有名。平成18（2006）年に日本100名城に選ばれ、知名度は高まったが、この城を全国ブランドにしたのは同24（2012）年8月公開の高倉健主演映画「あなたへ」のコンサートの場面。富山刑務所刑務官の高倉健は、亡き妻田中裕子の絵手紙をきっかけに妻の故郷長崎を目

指して車で旅に出る。

途中で立ち寄ったこの竹田城跡での回想シーンは、すべての人を魅了した。雲海に浮かぶ天空の城でのコンサートはまさに幻想的で圧巻、一躍人気スポットに変貌した。テレビ、雑誌などでも相次いで紹介され観光客が押し掛け始めた。地元の朝来市はこの年4月、いち早く「竹田城課」を新設、増大する観光客の対応窓口とした。

同市観光交流課によると、竹田城は〝城マニア〟が年間2万〜3万人訪れる程度だったが、平成23（2011）年度は9万8000人にふえ、映画公開の同24（2012）年度は一気に23万7000人に激増。さらに翌25（2013）年度は50万7000人と倍増、天空の城は大ブレイクした。

城跡を散策する観光客。眺望は抜群だ

同市は登山道整備や駐車場確保、観光客の山頂での転落防止の縄張りなどの対応に追われた。石垣の一部崩落の防止策も必要だった。諸経費を捻出するために同25（2013）年10月から一人300円（高校生以上）の徴収を始めたが、観光客は減らなかった。

同市は平成26年度から団体客を予約制にして入場制限に踏み切った。それでも「昨年度よりは少し減るかも」（観光交流課）の予想だからまだまだブームは続きそう。訪れた日はウイークデイだったが駐車場は満杯、登山道には人波が続き、その人気ぶりを改めて実感した。

「軍師官兵衛」のころの竹田城

この城跡で昨年（平成25）年9月25日、NHK大河ドラマ「軍師官兵衛」のワンシーンが収録された。相模小田原城を包囲した豊臣秀吉本陣の想定。二の丸の石垣前で秀吉と官兵衛が一言二言話すシーンである。備中高松城水攻めから13年経過した天正18（1590）年のことで、秀吉は念願の天下統一直前だった。

小田原城は3カ月も籠城を続けており、官兵衛は無血開城策を提案する。「軍師官兵衛」の面目躍如の大事な場面で、1月4日の第1回「生き残りの掟」で数秒間放送された。ドラマでは、官兵衛は秀吉の許可を得て単身馬にまたがり丸腰で城門前に駆けつける。「命を粗末にするな、生きられよ」と降伏を勧め、開城に成功するが、この場面は別のロケ地。

現在、竹田城の建造物はすべて消滅しているが、南北400㍍、東西100㍍の細長いY字型の敷地（約1万8000平方㍍）に天守台（現在は立ち入り禁止）を中心に本丸、二の丸、三の丸、南二の丸、北千畳、南千畳跡に石垣が累々と横たわる様は壮観。

石垣は自然石を割って積み上げる野面積《のづら》み。素朴だが頑丈さで定評がある。近江の石工集団・穴太《あのう》衆が手

山頂に累々と連なる石垣は圧巻

掛けたとされ、この石積みは安土城、姫路城でも見られる。石垣に満開の桜が随所に彩りを添え、観光客は歓声をあげながらしきりにシャッターを押していた。

秀吉が織田信長の命を受けて播磨に本格的に侵攻したのは天正5（1577）年10月。秀吉や配下の官兵衛は総勢1万人で播磨の上月城攻撃に参加。同城で毛利方と争奪戦が繰り返されたことはすでに「官兵衛と山中鹿介」で述べたが、竹田城攻めは上月城落城後攻撃説と同時進行で攻めたとの2説がある。

秀吉は竹田城攻めには弟秀長を派遣。軍勢3000人で城主太田垣輝延を降伏させ、秀長を城代として織田方の拠点にした。信長も秀吉も竹田城を重視したのは、交通の要衝に加え近くに生野銀山があったことが要因といわれる。このころ同銀山は新鉱脈が発見され盛んに銀を産出しており、家康も代官所を置き明治維新まで採掘は続けられた。

竹田城は当初土塁だったといわれる。現在残るような累々とした石垣を構築したのは天正13（1585）年に城主となった赤松広秀（播磨龍野城主赤松政秀の子）という。

慶長5（1600）年関ヶ原の戦い後廃城となった。昭和18（1943）年国史跡指定、戦後の同46（1971）年から同55（1980）年にかけて石垣復元工事が行われ、往時の面影を偲ばす光景が再現した。角川映画「天と地と」などのロケも行われた。

（2014年5月7日、14日）

「軍師官兵衛」と高松城水攻めの前哨戦冠山の激戦

今年のＮＨＫ大河ドラマ「軍師官兵衛」は、視聴率も高く好評のようだ。近く放送される官兵衛発案の備中高松城水攻めが楽しみだ。だが水攻めの前哨戦として、近くで展開された冠山城（現岡山市北区下足守）の攻防は、城兵３００人全員が戦死するほどの激戦だったが、地元でもほとんど知られていない。

この戦いで羽柴秀吉の武将加藤清正と一騎打ちした毛利方の竹井将監（現井原市美星町出身）は、秀吉が「敵ながらあっぱれ！　武士の鑑《かがみ》」と称賛したと伝わる。また不思議なことに竹井の供養塔は、都窪郡早島町にある。なぜか？　謀略、裏切りがまかり通った戦国の世に律儀に生きた伝説の備中侍・竹井将監について。

井原市美星町生まれの竹井藤蔵（将監）

竹井将監は現井原市美星町大字黒忠の出身とされる。遠藤周作の小説『反逆』は織田信長に背いた有岡（伊丹）城主荒木村重が主人公だが、竹井は藤蔵と名乗り、荒木の腹心として誠心誠意尽くす脇役で登場する。

仕えたいきさつは書かれていない。「西から来た流れ者で、生国は備中の山奥、川上あたりの地侍、竹井党の出身」と紹介されている。美星町黒忠には一族の拠った小笹丸城の曲輪、井戸、空堀などが当時のまま残っており、城跡を示す石碑も立つ。

城主以下全員が討ち死に、また加藤清政と竹井将監が一騎打ちをした冠山城＝岡山市北区下足守

天正10（1582）年は、秀吉と備前宇喜多家の軍勢計3万人が毛利方と備中高松で

直接対決した年である。岡山城主宇喜多直家（1529～1581）は前年死去。宇喜多家は毛利から信長側に寝返って1万人の兵を差し出し、秀吉2万人の軍勢とともに同年4月半ば、備中高松城周辺に進出した。秀吉は同城がよく見える東方の石井山に本陣を置き、毛利方は約2万人、総大将小早川隆景は南西の日差山に陣取った。

当時備中には高松城を核として、足守川沿いに〝備中七城〟と呼ばれる毛利側の防衛線が構築されていた。北西に宮路山城（現岡山市北区足守）、冠山城（同下足守）、南には加茂城（同加茂）、日幡城（現倉敷市日畑）、庭瀬城（現岡山市北区庭瀬）、松島城（現倉敷市松島）である。

高松城を除く6城はいずれも小さな砦程度の構え、大軍が一気に攻めればたちまち踏みつぶされそうな小城だった。竹井は主君荒木の有岡、尼崎城脱出に続いて、さらに尾道への逃亡にも同行。このころ故郷に帰っていたが、「信長に一矢報いたいと備中竹井党竹井将監と名乗り、冠山城に駆け付けた」（『反逆』）。

城兵全員戦死の冠山城の戦い

黒田官兵衛は秀吉の中国攻めに軍師で同行。まず7城に降伏を勧めたがいずれも拒否されたため、高松城西北の宮路山城、冠山城から攻撃を始めた。攻防の詳細は古くは『備中兵乱記』を始め、郷土史的なものにいくつか書かれているが、史料による裏付けは乏しく伝聞、推測が多いと思われる。

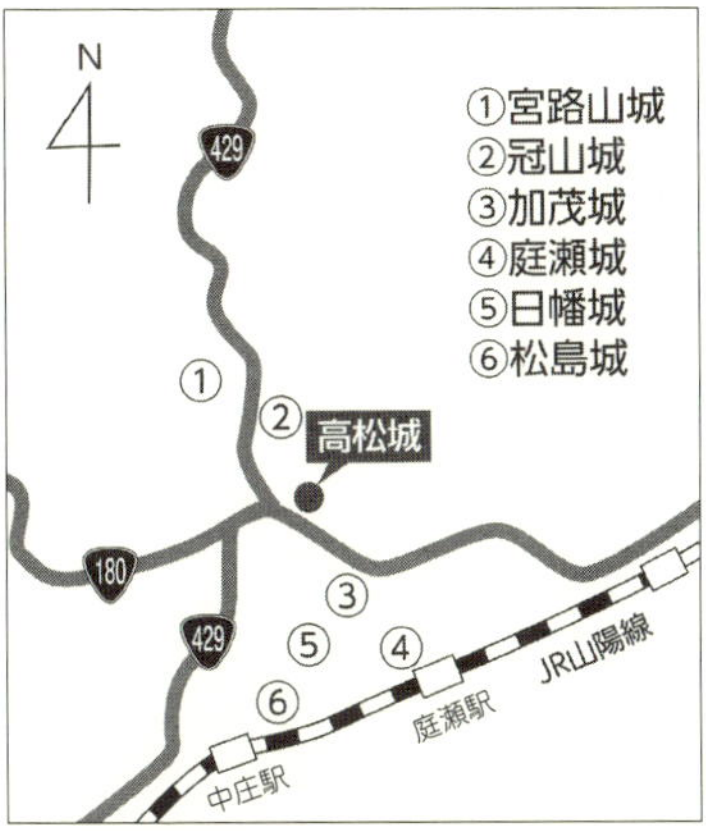

高松城を中心とする備中7城

冠山城は現在、国道180号から429号を約4キロ北上すると、右側に見える小さな丘陵(標高40メートル)にあった。司馬遼太郎著『播磨灘物語』によると、同城の守備兵は約300人。これを宇喜多勢中心に1万人が取り囲んだ。「4月18日攻撃開始、8日間持ちこたえたが、同月25日に城主切腹、生き残った139人も殉死した」という。それまでの戦死者を含め全滅という凄惨な戦いだった。

冠山城に参戦した竹井は攻撃軍にいる加藤清正とは昵懇の間柄。かつて信長方でともに敵と戦ったことがある。冠山城では敵味方に分かれ、空堀の中で壮烈な一騎打ちを展開した。『反逆』に詳述されているが、小説なのでどこまでが真実なのか。いずれにしてもその戦いぶりは双方の将兵に強く印象付けられ、秀吉にも伝わった。「あっぱれな武士」と秀吉は金50両を竹井の供養に出し、法要は宮内（現岡山市北区吉備津）の寺院で盛大に行われたという。

冠山城を除いてほかの小城は特筆するほどの戦いではなかった。最南端の松島城のように秀吉本陣からは遠すぎたため無視された城もある（ここには現在川崎医大校舎がある）。だが官兵衛は冠山城の戦

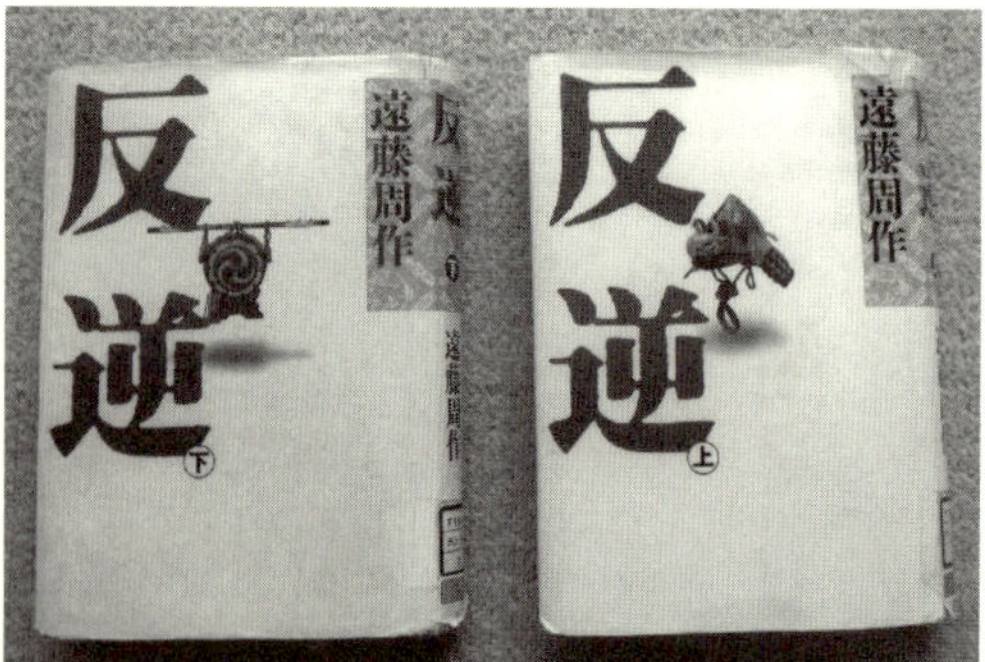

遠藤周作の小説『反逆　上下』は信長に背いた武将の悲惨な最期を描く

いから「中核の高松城を攻め落とすのは容易でない」と悟り力攻めを断念、地形から水攻めを思いついたとされる。

秀吉方は1カ月後の5月、官兵衛発案の足守川堤防の締め切りを始め、高松城周辺を湖水化した。6月2日の本能寺の変を知った秀吉は、官兵衛の「今こそ天下を取る好機」の献策を受け入れて毛利側と急きょ和睦、城主清水宗治を切腹させて明智光秀討伐に引き返したことは有名。

なぜ早島町に五輪塔があるのか

加藤清正と一騎打ちをした竹井将監の供養塔が都窪郡早島町、城山公園の一角にある。早島町とは何のゆかりもないはずだが、脇の石碑には「竹井将監」と彫り込んである。早島町中心部の戸川家資料館脇から城山を目指した。ここは町民なじみの歴史散歩道のひとつ、公園隅の墓地の一角に供養塔はあった。高さ1㍍ぐらいか、立派な石塔である。

早島町教育委員会生涯学習課の黒瀬秀樹課長は「大正末期に町内の千光寺からここに移されたと聞いているが、竹井将監と早島のかかわりは、文献資料では全く確認できない。早島付近の城主を一時務めたという説もあるが裏付けがない」と首をかしげる。

『早島の歴史1　通史編』（1997年刊行）には興味深い記述がある。「供養塔の石材は高梁川の上中流で産するコゴメ石と呼ばれる石灰岩の一種。この城山一帯は室町時代に集落があり、宝篋印塔などの石材が多数出土しているが、竹井の時代より200年以上古い。後世の人が冠山城での竹井の武勇を聞いて残った石材でここに供養塔を立てたのではないか」と推測している。歴史ロマン漂う話だが、真相は闇の中である。

早島町城山公園の一角にある竹井将監の供養塔は謎が多い

小説『反逆』に見る信長の冷酷非情

竹井藤蔵（のち将監）が登場する遠藤周作の小説『反逆　上下』は織田信長に背いた武将たちの悲運、悲劇を描く。浅井長政父子、松永久秀、佐久間信盛らの武将だけでなく、比叡山、長島一揆の宗徒らへの信長の復讐は目を覆いたくなる残酷さだ。

『反逆』の主人公摂津有岡（伊丹）城主荒木村重のように、信長の信頼が厚かったにもかかわらず、背いた人物や家族への極刑は異常である。敬虔なクリスチャンの遠藤周作は、信長のこの冷酷、無慈悲な仕打ちがよほど腹に据えかねたのか、竹井の目を通してその異常性格と反逆者家族らの無残な最期を克明に描く。

大河ドラマ「軍師官兵衛」では、荒木は〝城持ち〟を目指すかっ達な若侍として登場。有岡城主となっても官兵衛とは親しい関係にあった。だが荒木が信長に背いた時、翻意させようと単身説得に来た官兵衛を城内の地下牢に1年も幽閉した。大河ドラマでも詳しく放送したが、当時の武士の常識では理解できない面もある。

荒木が初めて信長に面会を許された時、信長は刀の先に饅頭を突き刺して荒木の面前に差し出す。荒木は犬のような恰好でかぶりつく場面があった。後世の錦絵などにも描かれており、当時から有名な話だったのだろう。この時の屈辱感が叛意に結び付いたと指摘する研究者もいる。

謀反した荒木は信長の手勢に囲まれた有岡城から援軍依頼の名目で家族、部下を捨てて脱出。嫡男の守る尼崎城にたどり着く。だが情勢不利になると今度は毛利領の尾道・浄土寺まで逃げた。『反逆』によると、竹井は護衛役を兼ねて同行した後、生まれ故郷の美星町に帰った。天正9（1581）年のことである。竹井は有岡城に残った将兵をはじめ、女子供まで極刑に処せられたことを聞き、信長に一矢報いるため、侍の意地として冠山の戦いに参加、壮烈な戦死を遂げた。

一方荒木は尾道で剃髪、道糞《どうふん》と名乗って世捨て人の生活を送った。秀吉の時代になると道薫《どうくん》と名を変え、茶人として利休高弟7人の1人になる。大河ドラマでは大坂城での茶会の席で官兵衛がこの道薫と再会する場面があるが真実かどうか。道薫は天正14（1586）年堺で死去、51歳だった。

（2014年6月18日、25日、7月2日）

◇本稿は『おかやま財界』2014年3月20日号に寄稿した。

岐阜・高山の野麦峠で女工哀史の悲劇を探る

飛騨と信濃の国境にまたがる野麦峠（高山市高根町野麦、松本市奈川）は、〝糸ひき工女〟の哀しい歴史で知られる。訪れたのは5月末、標高1672㍍の峠は季節が里より1カ月遅い。新緑はまぶしいばかりに輝き、眼前には残雪の乗鞍岳（3026㍍）の雄姿。観光客の歓声がこだましていた。

中央自動車道中津川インタから木曽川沿いに国道19号を北上、野麦峠を目指した。峠周辺約5㌔に昔のままの道が残り、現在はウオーキングコースとして人気。峠の広場には資料館、お助け小屋、工女政井みねの像（いずれも高山市）などが悲哀の歴史をしのばせる。

ノンフィクションの傑作『あゝ野麦峠』

野麦峠を有名にしたのは、作家山本茂実（1917〜1998）が昭和43（1968）年に刊行した『あゝ野麦峠―ある製糸工女哀史』（朝日新聞社刊）。明治から大正にかけて長野県諏訪地方の製糸工場で働いた岐阜・飛騨地方出身の多数の工女や、工場関係者らを十数年にわたって取材したノンフィクション。400ページ弱の大作だ。

山本は大正6（1917）年松本市の農家に生まれた。雑誌編集者の後、昭和43（1968）年刊行した『あゝ野麦峠』が大ヒット、4年間に35刷も出た。紙型が磨滅して同47（1972）年に新版、同52（1977）年文庫版（角川書店）も出版。計250万部売れ、戦後最も読まれたノン

空前のベストセラーになった山本茂実著『あゝ野麦峠』

フィクションとされる。平成10（1998）年81歳で死去。

明治時代生糸は輸出の花形産業。毎年2月、飛騨地方の農山村から多数の若い女性が〝糸ひき工女〟として高山に集められ、雪の野麦峠を越えて長野・諏訪地方の製糸工場を目指した。貧しい農家出身、12、13歳の若い少女がほとんどだった。約140キロを3泊4日または4泊5日で歩いた。

繭から糸を採る作業は、午前5時から午後10時までの長時間労働。加えて工場内は熱気と悪臭が立ち込め、ひどい労働環境だった。盆と正月のほかは、ほとんど休みがなかったという（諸説ある）。結核などの病人も続出した。山本は当時の悲惨な労働実態をえぐり出している。

「野麦」いうと、たおやかで伸び行く野

糸ひき工女が越えた道は野麦峠近くにわずかに残る

生の麦を思わせるが、全く異なることを教えられた。峠一帯に群生するクマザサは、10年に1度ぐらいの割合で麦の穂に似た実をつけることがある。それを野麦と呼んだ。不作であればこの実を採って団子にして飢えをしのいだという。身につまされる話だった。

映画で誇張された労働実態

糸ひき工女らの悲哀を全国に知らせたのは、映画「あゝ野麦峠」（監督山本薩夫、主演大竹しのぶ）だ。著作刊行10年後の昭和54（1979）年公開。大竹演じる政井みねのけなげで哀しい生涯に多くの人が涙した。みねは結核（原作は腹膜炎）で倒れ、電報で呼び出された兄がひん死のみねを背板に乗せて野麦峠を越えるとき、「兄さ、飛騨が見える」とつぶやいて息絶えるシーンがクライマックス。

映画「あゝ野麦峠」で有名になった政井みねと兄の像＝岐阜県高山市高根町野麦

映画のもう一つの山場は少女らが雪の峠道を越えるシーン。腰紐でみんなの体をつなぎ、一歩一歩慎重に歩いた。それでも谷底によく転落した。みんなが紐を解いてつなぎ合わせ、命がけで谷底から救う場面がある。映像は原作以上にその死を凄絶に描く。

映画は製糸工場で働いた少女らの悲惨さを強調しているが、「工場の仕事は農作業よりは楽、給金ももらえる」と彼女らにはそれほど辛くなかったともいわれる。実家も彼女らが持ち帰る大金に期待していた。過酷な労働だったが、希望もあった。給金年100円の「1等工女」を夢見て懸命に働いた。100円あれば家1軒が建てられた。みねも1等工女だった。

余談だが、このころ（明治末期から大正初め）の岡山県の製糸業界はどのような状況だったか？　富岡製糸場の1年半後に操業した笠岡製糸場は赤字経営に苦しんでいた。明治30年代には、県北部で津山を中心に30～80釜の小規模な器械製糸工場が続々誕生して活況を呈した。

第1次大戦後の不況や、大正5（1916）年郡是製糸、同15（1926）年片倉製糸の2大製糸企業の進出は、次第に地場企業の淘汰を促した。太平洋戦争勃発に伴い、絹はぜいたく品とされ廃業または軍需工場に転換した。

今や観光スポットの野麦峠

野麦峠は古来、冬場に能登で取れたブリを飛騨経由で信濃に運ぶブリ街道の峠として知られた。現在は乗鞍岳の北、高山と松本を短絡する国道にトンネルが貫通、かつての役割は消滅した。峠には資料館「野麦峠の館」がある。映画「あゝ野麦峠」を15分に要約して見せる。館内には工女の等身大蝋人形、着物の下にモンペ、わらぐつという峠越えの衣装で迎えてくれる。「蚕《こ》飼いと機織《はたおり》機」コーナーでは、蚕から布を織るまでの工程を懐かしそうに見入る観光客も見られた。

野麦峠に吉永小百合が建てた政井みねの碑。後方は乗鞍岳

雪の峠道に難渋する工女たちをそば湯や甘酒で励ました「お助け茶屋」は、旧岐阜県高根村野麦の工女宿をここに運び上げ復元した。現在はレストラン兼宿泊施設。広場の一角には野麦峠の象徴である兄に背負われた政井みねの像がある。観光客はここで必ず記念写真を撮る。

もう一つの必見ポイントは広場から徒歩5分の展望台。残雪の乗鞍岳が息を飲むような雄姿を見せる。ここに吉永小百合が昭和45（1970）年5月建てたみねの記念碑がある。吉永は『あゝ野麦峠』発刊翌年の同44（1969）年、自らを主役とする自主製作映画を企画、記者発表もしたが、都合で実現しなかった。吉永はお詫びの気持ちをこめて、乗鞍岳を望むこの地に「政井みねの碑」を建てた。

映画化発表に先立って、吉永は信州から飛騨へと旧街道をリュック姿で歩いた。途中、野麦峠で日が暮れて民家に「軒下でもよいから、」と一夜の宿を頼んだ」と語り伝えられている。「雨の中、神社の軒下に野宿しようとしていた吉永に似た女性ら2人を近くの人が無償で離れに泊め、翌朝車で高山に送った」（岐阜日日新聞）のが真相のようだ。部屋に吉永の礼状とお金が残されており、家人は初めて吉永と知ったという。

峠の一角にはコラムニストとして有名な荒垣秀雄（1908〜1989）揮毫の「あゝ野麦峠の碑」がある。荒垣は終戦後の昭和20（1945）年11月から朝日新聞の「天声人語」を17年半も書き続けたことで有名。博識と麗筆は群を抜いた名物記者だった。

コラムニスト荒垣秀雄揮毫の「あゝ野麦峠」の碑

同43（1968）年11月3日、明治100年を記念して野麦峠両側の長野・奈川村と岐阜・高根村が主体となって県境の地に顕彰碑を建立した。縦1・5㍍。横1・8㍍、上部にかけて巨石が盛り上がったユニークな碑。能書家としても著名な荒垣は、旧岐阜県吉城郡神岡町（現飛騨市）出身、政井みねの故郷旧河合村角川の近くで、野麦峠への思いは強かった。

（2014年8月27日、9月3日、10日）

岡山・瀬戸ゆかりの小説家中河与一と小田原

中河与一（1897〜1994）は大正末期から昭和にかけて、川端康成、横光利一らと活躍した新感覚派の作家、歌人。代表作『天の夕顔』は仏の文豪カミュに激賞され、6カ国語に翻訳された。香川県坂出市出身だが、小学生時代4年間を過ごした旧赤磐郡潟瀬村大内（現岡山市東区瀬戸町大内）に深い愛着を持ち、その思い出を生涯懐かしんだ。同地には中河の歌碑もある。

今年12月12日は中河が平成6（1994）年97歳で没して20回目の命日。晩年を過ごした小田原市は、「文学のまちづくり・おだわら」を推進しており、中河も同市ゆかりの作家の一人。寄贈したコレクションの常設展示のほか、名作『天の夕顔』にちなんだ

「夕顔忌」が毎年開かれ、中河を偲ぶ活動が続けられている。

旧瀬戸町大内にある中河の歌碑

岡山市中心部から国道2号を東に進み備前大橋手前を北上すると、吉井川の清流を臨む大内集落がある。ここは昭和期の陸軍に君臨した宇垣一成大将（1858〜1956）の誕生地として有名だが、中河が少年期を祖父母と暮らした思い出の地でもある。

92歳の時、岡山・瀬戸町の大内小学校跡に建立され歌碑の前に立つ中河与一（『文学の里』より転載）

旧大内小学校跡（現大内公民館脇）の歌碑「ふた葉より　香しといふ　栴檀の　ひともとあ里し　庭を忘れず」は、平成元（1989）年4月、中河92歳の時地元有志が建立した。小学校校庭にあった大きな栴檀《せんだん》を思いながら詠んだ自筆の短冊から採った。達筆である。中河は能書家でもあった。碑石は江戸時代初め以来、吉井川の田原井堰（和気郡和気町）に使用された石材を再利用した。

除幕式では少年時代を振り返りさまざまなエピソードを披露、92歳の矍鑠《かくしゃく》ぶりは参加者を驚かせた。前年の瀬戸大橋渡り初め式に招待参加した時は、旧瀬戸町では「中河与一展」も開かれた。講演には60歳に続いて83歳の時にも喜んで訪れており、第二の故郷への思いは強かった。

地元有志も同2（1990）年3月、歌碑建立を記念して『文学の里　中河与一先生と大内』を刊行した。A5判、100ジの力作。中河は「少年の日」と題して懐旧の情あふれる一文を寄稿、中河と岡山のつながりを裏付ける貴重な資料だ。カミュのほか永井荷風、岡本かの子、川端康成ら文人仲間の書簡、幼時からの写真や山陽新聞に載った随想など興味深い資料も集められている。

少年期を過ごした思い出の地

旧瀬戸町大内は母の里である。生まれつき体の弱かった中河は、ここで祖父母と4年間過ごし、大内尋常小学校に通った。黒住教熱烈信者の母は「大内で生活すれば必ず丈夫に育つ」の信念があったと伝わる。祖父母の家は記念碑の北約300㍍にあったが、今は農地になっている。

『文学の里』によると、生徒は1、2年と3、4年の2グループに分かれ、先生2人が教える小さな学校だが、楽しかったようだ。村の子供たちと吉井川で釣りやいかだ乗りを楽しみ、野や林を駆け回った。中河自身も昭和19（1944）年の著作『日本文芸論』（講談社）に「望郷記」を載せ、少年時代を過ごした大内の風物、特に吉井川の水清く緩やかな流れ、川辺での遊びを懐かしがっている。

香川・丸亀中進学後も、夏休みは大内にやってきた。当初は吉井川口の九蟠港から人力車に乗ったが、山陽鉄道（山陽本線の前身）が開通すると、万富駅から約4キロの道を歩いたのも忘れ難い思い出と振り返る（「望郷記」）。この道は小説家内田百閒（1889〜1971）が幼時、祖母に連れられて駅から同町南方の金剛童子まで約2キロを参詣した道でもある。

中学卒業後、旧制六高を受験したが失敗。大正7（1918）年画家を志して上京し本郷美術研究所に通うが、のち早稲田大英文科に進学。在学中に「悩ましき妄想」を雑誌に発表、注目された。同11（1922）年に同大中退後、川端康成、横光利一らと「新感覚派」を結成。『愛恋無限』『天の夕顔』などの傑作を発表、文壇での地位を確立した。

戦後は戦時中の行動を批判されたこともあったが、執筆活動は続けた。昭和37（1962）年65歳で日本山岳会員になり、以

井原生まれの北条早雲が関東支配の拠点とした小田原城

後60余りの名山を踏破。80歳で登頂した谷川岳を最後に登山は止めたようだ。同57（1982）年に85歳で再婚、同年9月神奈川県小田原市板橋に移住し、平成6（1994）年12月、97歳で死去した。

小田原で中河ゆかりの場所を歩く

小田原市は人口約19万5000人。戦国時代、備中荏原荘（現井原市）生まれの北条早雲（1432?〜1519）がこの地を関東支配の拠点とし、5代100年にわたり城下町として繁栄した。大河ドラマ「軍師官兵衛」でも、豊臣秀吉に抵抗する最後の戦国大名北条氏政、氏直親子が登場したことは記憶に新しい。江戸時代は東海道の宿場町、現在は神奈川県西部の中枢都市、観光客も多い。

明治以降、小田原は温暖な気候が好まれ、多数の著名人が別荘を構えた。中河が移住した板橋地区には、山県有朋、清浦奎吾ら政治家、益田孝、大倉喜八郎、松永安左ェ門ら財界人、長谷川如是閑ら文化人の邸宅、別荘があった。

ＪＲ小田原駅から箱根登山鉄道最初の「箱根板橋駅」で下車、徒歩7分の山県の別荘古稀庵を目指した。隣接して中河の住居があったからだ。丘陵にしょうしゃな住宅が軒を連ね、道幅も狭いこの一帯は、かつては緑濃い別荘地帯だったのか？　行き交う人も少なく、往時の閑静さが今も続いているようだ。

山県は明治40（１９０７）年70歳の時、広大な庭園（総面積約１万１６００平方㍍、庭園４６００平方㍍）を持つ古稀庵をかまえた。現在はあいおいニッセイ同和損害保険の研修所。中河の住宅跡地の大部分は研修所の敷地内、一部は外部に残るといわれる。日曜は研修所内の庭園が見学可能と知り訪れた。住居跡は全く分からず、本社にも尋ねたが、「山県の死後所有者は転々と変わり、確認できない」とのことだった。

中河は再婚した久仁子さんと12年間板橋に住んだ。豊臣秀吉の一夜城伝説で著名な石垣山がよく見えるのが気に入っていたという。「秀吉が　築きし城の　あとどころ　にぎにぎしくも　山桜かな」と詠んだ。城跡に歌碑建設計画があったが、今のところ未着工という。

住居跡近くの「電力の鬼」松永記念館敷地内に「中河コレクション」を常設展示する記念館がある。中河は平成3（1991）年94歳の時、所蔵の蔵書、絵画、書、書簡など188点を同市に寄贈。市は松永記念館内に別館を新設、寄贈されたコレクションを展示している。

訪れた日は展示替えのため館内には入れなかった。だが寄贈翌年の5月30日～6月14日に開かれた初の「コレクション展」の詳細を聞いた。公開されたのは、谷文晁、浦上玉堂の水墨画をはじめ、安田靫彦「実朝像」、奥村土牛「早春の富士」、藤田嗣治「猫」などの逸品、特に高山辰雄の「天の夕顔」は、中河の出世作にちなんだテーマであり、観る人すべて感嘆したという。

松永記念館入り口に建つ中河コレクション記念館＝小田原市板橋

ブラック、ピカソ、ルオー、コクトーらの素描や北原白秋、佐藤春夫、土井晩翠らの色紙もあった。「さして広くない会場は文字通り押すな押すなのにぎわい、市民は画才もあった中河の鑑識眼と幅広い交流に改めて感服した」と同館スタッフ。中河はこの年に小田原市民功労賞を受賞、2年後の同6（1994）年12月、97歳で死去した。

小田原駅の北約4キロ、同市久野の曹洞宗東泉院では、命日の12月12日前後に毎年「夕顔忌」（夕顔忌実行委員会、小田原ペンクラブ共催）が開かれる。今年は18回目。命日に約20人が講話や作品朗読で中河を偲ぶ。東泉院には自筆の「無限」を刻んだ大きな墓碑のほか、「鹿を見失ひぬ　されど山を見たり」

中河の墓は小田原市内に２カ所、右は東泉院の「無限」と刻んだ墓、左はみみづく寺の夫婦墓

の文学碑（平成元年建立）がある。

同院住職の岸達志さんは「先生が小田原に移住されて以来親しくご厚誼いただいた。小説は浪漫精神あふれるもので、市民にもっと先生のことを知って欲しくて夕顔忌などで顕彰活動に努めている」と話す。

小田原駅近く、同市城山の浄土宗傳肇寺《でんじょう》には、中河と前夫人幹子の夫婦墓がある。幹子は歌人として知られ「夫婦墓は中河の強い希望による」（住職浅井皋月さん）という。同寺は鎌倉時代末期創建の名刹。北原白秋が大正7（1918）年10月から同15（1926）年5月まで家族とともに住み、多くの童謡を執筆したことでも著名。白秋が住んだ家にちなみ「みみづく寺」とも呼ばれる。

余談ながら北条早雲と岡山・井原

JR小田原駅西口を出ると、眼前に巨大な馬上の武者像が飛び込む。早雲が小田原城攻略に際し、箱根山から牛数百頭の角に燃える松明を付けて攻め込んだ「火牛の計」の像だ。馬は前足を高く挙げていななき、脇には松明をくくりつけた巨牛2頭が今にも襲い掛かりそう。はめ込まれたプレートの金文字「北条早雲像」は中河の揮毫だ。像の高さ5・7㍍、重さ7㌧はわが国最大級。

秀吉の小田原城攻略400年と市制50周年を記念して同2（1990）年に小田原市が建立した。源氏の武将木曽義仲が越中・倶利伽羅峠で「火牛の計」の奇策で平家を敗走させたことで有名だが、早雲の火牛の計は後世の創作とされる。

ＪＲ小田原駅西口前の北条早雲像。文字は中河の揮毫

戦国時代の梟雄・初代小田原城主北条早雲の出生地については諸説あったが、今では静岡大名誉教授小和田哲男氏、岡山大名誉教授藤井駿らの努力で井原市荏原出生が定着した。昭和35（1960）年に復元された小田原城天守閣内の展示品にも井原出生を明記してい

る。小田原と井原の市民サイドの交流も進んでおり喜ばしいことだが、早雲は初代城主ながら小田原城には全く居住しなかった。

早雲は明応2（1493）年、伊豆・韮山城（静岡県伊豆の国市韮山）を堀越公方・足利茶々丸から奪取、この地を居城とした。伊豆全土を支配、さらに相模地方を攻略し小田原城を奪った後も、韮山城を動かず、ここで生涯を終えた。早雲とのつながりは、小田原市よりも伊豆の国市の方が深い。井原市は静岡・伊豆の国市とも友好交流を進めてもよいのではないか。

（2014年12月3日、10日、17日、24日）

あとがきに代えて—山田方谷を正しく理解しよう

『傘寿だ！　まだ書くぞ　おかやま雑学ノート』第12集をお届けする。本書は毎週FMラジオ2局で話した内容をまとめ、年1回『雑学ノート』シリーズとして刊行しているものだ。「くらしきエフエム」でのトークは平成15年4月以来13年目、「岡山エフエム」は8年目に入った。12集には昨年4月から今年3月までの放送分を収めた。

68歳の時、ボランティアとしてラジオ出演するようになった。マスメディアが取り上げない郷土史の掘り起こしを中心に話しているせいか、リスナーにはよく耳を傾けていただき、『雑学ノート』読者も年々増加傾向にある。多数のリスナー、愛読者、ラジオ局、出版社のみなさんのご尽力のおかげと、いつも感謝の気持ちでいっぱいだ。

私は昨年9月傘寿を迎えた。年相応に体力の衰えは感じるが極めて健康、知的好奇心も相変わらず旺盛だ。好々爺には程遠く耄碌《もうろく》もせず、新聞社時代に叩き込まれた「真実の追求」をかたくなに守り、取材と執筆を続けている。〝老いの一徹〟もある。

取材と史料検証の過程で「備中松山藩元締役山田方谷の財政改革は正しく伝えられていない。歴史の曲解がある」と確信するようになった。方谷は陽明学者、教育者として畏敬されていた。嘉永2（1849）年藩主板倉勝静から赤字財政解消など藩政改革を命じられ、殖産興業、軍制改革などさまざまな改革に取り組んだ。だが、安政4（1857）年には元締役辞任、足掛け8年の在任だった。

方谷死後「藩借財10万両返済、さらに10万両蓄財」と子孫、弟子などが方谷の藩政改革のひとつ、財政改革を盛んに喧伝するようになった。特に閉塞感漂う平成不況のさ中、没後120年（平成8年）から生誕200年（同17年）にかけて、借財返済、蓄財がこれまで以上にもてはやされ、〝財政改革の神様〟と方谷絶賛が始まった。

備中松山藩はわずか5万石、実質は2万石の収入とされる。幕末の日本史の知識が少しあれば、わずか8年間にこれほどの財政改革は不可能であることは容易に推定できる。岡山県下には疑問を投げる研究者もいたが無視され、ほとんどのマスメディアは何ら検証することもなく、方谷神様説に付和雷同、その財政改革なるものを賛美し続けた。

幕末の10万両は、日本銀行調べでは現在価格で50億円だが、600億円というとんでもない説まで飛び出した。口当たりの良いキャッチフレーズが一人歩きし、多くの県民がこの説を信じるようになった。平成23年には「方谷を2015年大河ドラマの主人公に」と100万人署名運動まで始まり、60万人以上の署名が集まったという。

曲解された歴史が定着しようとしていた。真実の追求を生きがいとしてきた身にとって、この風潮は容認できなかった。故宮原信《まこと》元新見高校教諭の力作『山田方谷の詩―その全訳―』(昭和57年刊)には方谷自身が「借金はほとんど踏み倒した」「蓄財も思うようにはできなかった」と詠んだ漢詩2首が載っている。同書を引用しながら「8年間に借財10万両返済、蓄財10万両には疑問がある」と平成25、26年刊行の『おかやま雑学ノート10集』『同　11集』、岡山ペンクラブ編『岡山人じゃが　2013』『同　2014』でその欺瞞性を世に問うた。

この問題提起に当初、〝風圧〟は強かった。脅迫めいた言辞や、「地域活性化に役立つのに邪魔するな」の声もあった。だが「大河ドラマ化よりもまず方谷を正しく理解しよう」という私の主張には多数の賛同者があり、多くの激励も寄せられた。昨年5月開かれた岡山県立博物館「山田方谷展」でも、方谷の借財返済、蓄財を裏付ける史料は現時点では存在しないことが証明された。

最近署名運動は全く低調と聞く。ていねいな説明をせず、企業、団体の組織票に頼ってしゃにむに署名だけ集めた限界と言えよう。目標とした2015年大河ドラマ化も実現しなかった。関係者は反省、総括のうえ、陽明学者、教育者としての方谷を県民に正しく理解させることが必要だ。

本書冒頭には方谷の財政改革のあいまいさを指摘した最近の拙論を転載した。ラジオでは話さず、『岡山人じゃが　２０１４』に寄稿したものだ。ご笑覧いただき、正しい方谷像にご理解をいただければ幸甚に思う。

赤井　克己

平成27年5月

赤井　克己（あかいかつみ）

1934年岡山市東区瀬戸町生まれ。神戸大経営学部卒。58年に山陽新聞社入社。編集局長、常務、専務を経て、98年に山陽印刷社長。02年に同社を退任しハワイ・日米経営科学研究所に留学、国際ビジネスを学ぶ。03年4月からエフエムくらしきで「聴いてちょっとためになる話」、07年4月からは岡山エフエムでも「赤井克己の岡山歴史ノート」の番組で、本書の内容の放送を続けている。英検1級、国連英検A級、V通訳英検A級。87年山陽新聞連載企画「ドキュメント瀬戸大橋」取材班代表で日本新聞協会賞受賞。13年大原孫三郎・総一郎研究会募集論文に入選。著書に『67歳前社長のビジネス留学』（私家版）『おかやま雑学ノート』（第1集～第11集）、『瀬戸内の経済人』『続瀬戸内の経済人』（以上吉備人出版）、『岡山人じゃが』（共著・吉備人出版）など。岡山市北区栢谷在住

傘寿だ！　まだ書くぞ　おかやま雑学ノート　第12集

2015年5月20日　初版発行

著　者　赤井克己
編　集　山川隆之
発　行　吉備人出版
〒700-0823　岡山市北区丸の内2丁目11の22
電　話　086（235）3456
ファクス　086（234）3210
ウェブサイト http://www.kibito.co.jp
Eメール mail:books@kibito.co.jp
郵便振替01250－9－14677
印　刷　株式会社三門印刷所
製　本　株式会社岡山みどり製本

ISBN978-4-86069-431-9 C0095